Alizé Siffleur

Saturday Night Fever

Für Alan, meine zweite Hälfte,
meine Inspiration, meine Liebe.

Alizé Siffleur

Saturday Night Fever

Erotische Kurzgeschichten

Deutsche Erstausgabe 2016
Covergestaltung phoch3
Copyright-Hinweis:
Herstellung und Verlag:
BoD – Books on Demand, Norderstedt
ISBN 978-3-8370-8843-4

Spiegelbilder

Sie stand vor dem Spiegel, so, wie er es ihr befohlen hatte, entledigte sich ihrer Kleidung Stück für Stück. Stellte sich vor, dass er bequem in einem Sessel saß, ihr schweigend dabei zusah.

Jetzt trug sie nur noch ihren String, beugte sich vor, schob ihn langsam nach unten. Überlegte, dass er den Anblick reizvoll finden würde.

Gedankenversunken strich sie über ihren Körper, nahm die Brüste in die Hände, streichelte, rieb über die Nippel. Erst sanft, und mit wachsender Erregung heftiger, zwirbelte sie die Warzen, fühlte Nässe zwischen ihren Schenkeln, lächelte. Auch das würde ihm gefallen haben.

Sie schloss die Augen und wie von selbst ging der Griff einer Hand zwischen ihre Schenkel, ertastete die Perle, umkreiste, rieb. Sie stöhnte verhalten auf, ließ zwei Finger in die Spalte gleiten, massierte sich im Takt ihres immer schneller werdenden Atems.

Die Beine zitterten, sie hätte sich gern aufs Bett gesetzt, doch er hatte ihr ganz klar befohlen sich im Stehen zu befriedigen. In immer schnellerem Rhythmus drangen die

Finger in sie ein, während sie mit der anderen Hand ihre Perle rieb.

Gedankenfetzen: Sie steht nackt vor ihm, gefesselt, ist ihm hilflos ausgeliefert. Wartet darauf, was er mit ihr machen wird. Spürt ein Brennen dort, wo er sie geschlagen hat. Sanft und fest zugleich. Dann befiehlt er ihr, sich vorzubeugen, dringt in sie ein ...

Ein Orgasmus überrollte sie, ließ sie beben.
Sie öffnete die Augen, holte tief Atem.
Ihre Beine zitterten. Sie setzte sich aufs Bett, lächelte. Jetzt würde er wohl nichts dagegen haben ...

Feuchte Kälte

Heute Vormittag strahlt die Sonne vom blauen Himmel. Ein leichter Wind umschmeichelt mich, fächelt meiner erhitzten Haut angenehme Kühlung zu. Ein Spaziergang am Strand wäre jetzt genau richtig.

So bummle ich über die Promenade, bin bald am Wasser. Die Sandalen sind schnell von den Füßen gestreift. Ich nehme sie an den Riemchen hoch und wate in das angenehme Nass. Sanfte Plätscherwellen umspielen meine Fußknöchel.

Gedankenverloren laufe ich ein Stück, genieße das Urlaubsfeeling. Ein plötzlicher Windstoß lässt mein dünnes, buntes Sommerkleid flattern, hebt den Saum ein wenig an. Was für ein tolles Gefühl ist das! Ich genieße den Wind, der über meine Beine streicht, sodass ich eine leichte Gänsehaut bekommen und sich ein angenehmes Prickeln zwischen meinen Beinen einstellt. Meine Brustwarzen stellen sich auf, reiben sich an dem dünnen Stoff des Kleides.

‚Jetzt ist es aber gut', rufe ich mich mit einem Lächeln zur Ordnung. Schließlich bin ich nicht allein hier am Wasser. Was, wenn jemand meine körperlichen Reaktionen bemerkt? Das wäre mir ziemlich peinlich.

Schnell schaue ich mich um und tatsächlich sehe ich gar nicht weit weg einen Mann, der mich gleichermaßen amüsiert und interessiert mustert.

‚Er sieht gut aus', fährt es mir durch den Sinn. Ein enges Shirt lässt seine muskulöse Brust erkennen. Seine Jeans scheint er einfach abgeschnitten zu haben, sodass sie wie coole Shorts aussehen. Langsam kommt er näher und so wie er mich ansieht weiß er genau, dass ich erregt bin.

‚Oh nein', schnell drehe ich mich um und gehe zurück zur Promenade ohne mich noch einmal ungesehen zu haben.

An einer kleinen Bodega mache ich halt. Hier auf der Terrasse werde ich mir ein Glas Rotwein gönnen, zur Beruhigung. Der Kellner lächelt freundlich und stellt zusätzlich eine kleine Karaffe mit Eiswasser auf den Tisch.

Ausgerechnet jetzt bekomme ich eine SMS, krame in meiner Tasche herum.

‚Ist ja klar, das Handy liegt wieder ganz unten', meckere ich leise, halte inne, schaue auf ...

... und blicke in ein Paar faszinierende, blau - graue Augen. Der Mann vom Strand hat sich einfach neben mich gesetzt.

„Hallo", lächelt er und streicht sich durch die verstrubbelten blonden Haare. „Ich habe dich am Strand gesehen. Das war heiß", fährt er fort, legt dann seine Hand auf mein Knie und streicht langsam über meinen Oberschenkel.

„Bitte", flüsterte ich, bin fasziniert und gleichzeitig schockiert.

„Gefällt dir das?", sagt er mit rauer Stimme, während seine kundigen Finger meinen String beiseite schieben und sanft über meine feuchte Spalte fahren. Mühelos lässt er seinen Mittelfinger in mich gleiten.

Ich unterdrücke mühsam ein Stöhnen, denn der Ober kommt an unseren Tisch, fragt den Fremden nach seinen Wünschen.

„Sorry, wir gehen gleich. Wenn Sie uns die Rechnung bringen", sagt der ganz ruhig und massiert jetzt sanft meine Perle. Ich glaube, dass ich ganz rot geworden bin, doch ich bemühe mich nicht weiter aufzufallen, unterdrücke ein erregtes Stöhnen.

Achselzuckend wendet sich der Kellner ab, während der Fremde einen Eiswürfel aus der Karaffe fischt.

Ehe ich mich versehe, wandert er damit meinen Oberschenkel hinauf. Die feuchte Kälte lässt mich erschauern. Er umkreist meine Perle, schiebt das Eis schließlich tief in meine heiße Spalte.

Inzwischen ist der Ober mit der Rechnung erschienen und mustert mich kurz. Ich bin wohl tatsächlich rot angelaufen. Doch das ist mir inzwischen egal. Der Fremde legt das Geld für meinen Wein auf den Tisch und nimmt meine Hand.

„Komm", sagt er, nicht mehr.

Langsam stehe ich auf, merke, wie Schmelzwasser und meine Erregung den String durchweichen. Etwas wackelig gehe ich neben dem Mann her.

Im nahegelegenen Park führt er mich zu einer entlegenen Stelle. Hier ist kein Mensch.

„Ich habe schon vorhin am Strand bemerkt, wie geil du bist", flüstert er mit rauer Stimme, presst mich gegen einen Baumstamm. „Sag es."

Oh ja, ich bin geil und ich will ihn jetzt und sofort. Trotzdem kann ich es nicht sagen.

Er küsst mich leidenschaftlich. Seine Hand wandert unter mein Kleid, taucht in meine nasse Spalte. „Sag es. Bist du geil? Willst du, dass ich dich kommen lasse?", knurrt er.

Der Baumstamm in meinem Rücken, seine harte Erregung, seine Finger in mir - das alles macht mich noch heißer.

„Ja", wimmere ich. „Ich bin geil! Bitte ..."

„Okay!" mit einem Ruck dreht er mich um, beugt mich vor. Ich folge seinen Anweisungen, fühle seine Hände, die meinen Po kneten. Er lässt einen Augenblick von mir ab, ich höre wie er den Reißverschluss einer Jeans öffnet. Wieder gleitet seine Hand zwischen meine Schenkel, schiebt den String zur Seite. Im nächsten Moment ist er in mir, hart und rücksichtslos. Jeder Stoß entlockt mir ein wohliges Stöhnen.

„Gefällt dir das?"

„Ja", keuche ich. „Bitte hör nicht auf."

Er erhöht das Tempo, umfasst meine Hüften fester mit seinen Händen, zieht mich mit jedem Stoß näher an sich heran. Mein Körper spannt sich an, noch ein heftiger Stoß, ich schreie laut auf, dann rollt der Orgasmus über mich hinweg.

Nach einem Moment löst er sich von mir, lehnt sich schwer atmend gegen den Baum.

„Jetzt will ich dich auf den Knien sehen."

Zögernd tue ich was er sagt. Seine glänzende Erektion ragt mir entgegen, seine Hände umfassen meinen Kopf, ziehen mich näher. Erst zaghaft, dann immer lustvoller umschließen meine Lippen sein Glied, gleiten vor und zurück, während er das Tempo bestimmt.

Schließlich wird er noch härter, zuckend ergießt er sich.

Langsam setzt er sich neben mich auf den Boden, legt den Arm um mich. „Du bist eine Wahnsinnsfrau", sagt er atemlos.

„Trotzdem sehen wir uns nicht wieder?", frage ich nach einer Weile.

Er schaut mir prüfend in die Augen. „Willst du mich wiedersehen", fragt er. Plötzlich erscheint er mir merkwürdig unsicher.

Ich zögere, zucke hilflos mit den Schultern. Es war geil mit ihm und heiß, aber will ich das wirklich noch einmal?

Er lächelt mich an, fährt sich wieder mit den Fingern durchs Haar. „Ich warte morgen am Strand auf dich."

Verheißung

Sie saßen auf der Terrasse eines kleinen Fischlokals, direkt am Meer. Hier war es angenehm kühl und dämmrig.

Genüsslich nahm sie einen Schluck aus ihrem Weißweinglas. Der Wein war gut gekühlt. Der laue Wind streichelte ihre heiße Haut, ließ sie schaudern.

Seine grauen Augen taten ein Übriges, ließen ihren Puls in die Höhe schnellen. Auf seinen Lippen fand sie unausgesprochene Verheißung.

Er zerteilte sorgfältig die Seezunge, die butterglänzend auf seinem Teller lag, befreite das weiße Fleisch von Gräten. Dann fing er ihren Blick auf, nahm ihre Hand, umschloss sie. Genießerisch führte er sie an seine Lippen, knabberte, saugte sanft an ihren Fingern.

Sie dachte an die leidenschaftliche Umarmung des Morgens. Sein Mund auf ihrer nachtwarmen Haut, seine Zunge, die mit ihren Knospen spielte. Erinnerungen an unerträgliche Lust, lustvolle Vereinigung, verströmende Nässe.

Ihre Brustwarzen wurden hart, drückten sich gegen den dünnen Stoff ihres Tops. Er lächelte wissend und ein wenig selbstzufrieden, hob sein Weinglas, prostete ihr zu.

„Heute Nacht", raunte er.

Auch sie hob das Glas, berührte sanft das seine. „Heute Nacht."

Sie zerteilte ihre Seezunge wie zuvor er, sorgfältig und langsam. Dann schob sie ihm ein Häppchen des köstlichen weißen Fleisches in den Mund. Er kaute genüsslich, nahm wieder ihre Hand, lächelte.

„Ich glaube ich kann nicht bis zum Abend warten, my Dear."

Bitte zeig es mir

Das Zimmer ist dämmrig, etwas schmuddelig. Genau so hat sie sich ein Stundenhotel vorgestellt. Zögernd tritt sie ein. Er ist vorausgegangen, dreht sich nun zu ihr um, erwartungsvoll und doch cool. Eine seidig glänzende Augenbinde baumelt an seinem Finger. Er streift sie ihr über.

Undurchsichtige Dunkelheit umfängt sie, lässt sie gespannt schaudern, so wie seine sanften Berührungen auf ihrer Haut. Federleicht und doch so spürbar. Erregung lässt sie zittern, ihre Knospen richten sich auf. Sie spürt, wie sich Leder um ihre Gelenke schmiegt. Auch die Fesseln sind erstaunlich sanft, schmerzen wider Erwarten nicht.

Er hat sich auf das Bett gesetzt, fixiert sie zwischen seinen Knien. Aufrecht steht sie, ist jetzt angespannt und nervös. Spürt seine Hände, wie sie sanft über ihren Körper gleiten, tasten und streicheln, fordernder werden. Plötzlich zieht er sie mit einem heftigen Ruck abwärts, sodass sie quer über seinen Knien liegt. Sie schnappt nach Luft, als er ihr das Höschen herunterreißt, ihr das Kleid bis über die Schultern hochschiebt.

Dann kommt der erste Schlag, völlig unerwartet. Seine Hand lässt er einen Augenblick auf der pochenden Stelle liegen. Er nimmt sich Zeit. Der zweite Schlag folgt, dann der dritte, vierte, der fünfte Schlag. Nach jedem Hieb verharrt seine Hand für einen Moment. Sanfte Fingerspitzen gleiten zwischen ihre Oberschenkel. Eine kleine Verschnaufpause, in der sie das Brennen noch intensiver spürt. Seine Finger zwischen ihren Beinen, im Zentrum ihrer Lust. Dann folgen erneut Hiebe, die sie leise wimmern lassen. Sie windet sich, will ihm entkommen, doch er hält sie erbarmungslos fest.

Unerwartet lässt er von ihr ab, wartet einen Augenblick, bevor er seine Finger in ihre nasse Spalte gleiten lässt. Wieder wimmert sie vor Lust, kann sich nicht mehr zurückhalten, verströmt sich.

Er streichelt zart ihren Rücken, hilft ihr schließlich aufzustehen, entfernt die Augenbinde, die Fessel.

Sie greift nach ihrer Tasche, zückt die Geldbörse, bezahlt ihn. In der Tür dreht er sich um, lächelt wissend.

„Danke", ruft sie ihm leise nach, dann schließt sich die Tür hinter ihm. Ihre Hände befühlen die pochenden Rundungen, vorsichtig. Sie verzieht das Gesicht, denn es schmerzt. Doch sie lächelt, ist um eine Erfahrung reicher, hat sie sich geleistet, gegönnt. Denn sie ist selbstbestimmt und frei.

Ménage-à-trois

„Ich weiß wirklich nicht, was das soll", brummt Dennis. „Ich dachte immer, dass wir uns gut verstehen, auch in dieser Beziehung."

Bella mustert ihn kühl. Er scheint nicht verstehen zu wollen. „Ich meine nur, dass alles so eingefahren zwischen uns ist. Gerade was den Sex anbetrifft. Es gibt keine Überraschungen mehr."

„Das ist nach ein paar Jahren Ehe ja wohl normal. Was willst du? Soll ich vom Kleiderschrank springen oder was?"

Seine zynischen Worte machen sie wütend. „Du kennst doch nur 08/15 Knie-Ellenbogen, raus, rein, runterrollen und einpennen. Ich will endlich mal wieder geilen Sex. Ich will schreien, mich winden und ein paar Mal hintereinander kommen."

Das muss er sich nicht von ihr sagen lassen. Auch Dennis wird wütend. „Wenn ich dir nicht genug bin, dann such dir doch einen Anderen, verflixt nochmal!", schreit er, wendet sich ab, murmelt: „Verflixte Weiber", holt sich ein Bier und macht den Fernseher an. Das heutige Länderspiel wird er sich von ihr nicht vermiesen lassen.

„Das gibt es doch nicht!" Bella starrt ihn an. Er bringt es tatsächlich fertig, sie einfach so abzufertigen! Wo sie doch nur ein Gespräch gesucht hat. Weil sie mit der Situation nicht zufrieden ist. Weil es zwischen ihnen nicht mehr prickelt, sie sich unverstanden und vor allem unterfordert fühlt.

„Na gut, dann fange ich gleich mal mit der Suche an", sagt sie cool, obwohl es in ihr kocht.

Dennis zuckt mit den Schultern, beachtet sie nicht weiter. So greift sich Bella ihre Jacke und die Handtasche und verlässt das Haus. Sie erwägt kurz, ihre beste Freundin anzurufen, lässt es aber dann. Eigentlich hat sie keine Lust auf einen Weiberabend mit Gesprächen über die Unzulänglichkeiten des männlichen Geschlechts.

Kurzentschlossen geht sie in Richtung City, das ist nicht weit. Ein kleines Lokal in der Innenstadt zieht sie magisch an. Komisch, dass es ihr bisher noch nicht aufgefallen ist. Innen ist es rappelvoll. Bella stellt sich an den Tresen, bestellt ein Glas Rotwein und schaut sich interessiert um. Von den Leuten um sie herum geht eine fiebrige Fröhlichkeit aus. Sie scheinen etwas Besonderes zu feiern.

„Halloween, aber eigentlich ist es Beltane. Heute ist ein ganz besonderer Abend", sagt eine angenehm sonore Stimme.

Bella schaut auf, bemerkt erst jetzt den fantastisch aussehenden Mann neben sich. Er hat ein markantes Gesicht, ist groß und gut gebaut. Zudem hat er lange, schmale, sehr gepflegte Hände, mit denen er ihr sanft über die Wange streicht. Bella will sich ihm entziehen, ist aber von seinem Blick wie gebannt. Schwarze Augen fixieren sie, lassen sie nicht los. Ihr wird heiß.

„Ich weiß genau, was Ihr Euch wünscht, liebliche Bella", fährt der Fremde fort. „Und ich möchte Eure geheimsten Wünsche erfüllen."

„Wie, was", stammelt sein Gegenüber überwältigt von der Präsenz des Fremden, der die Hand hebt.

„Unterbrecht mich nicht ... bitte", fügt er nach einem Moment sanft hinzu. „Wir werden gemeinsam feststellen, was Ihr wirklich wollt. Aber da Ihr Eure Gelüste im Grunde nicht mit einem Fremden ausleben wollt, werde ich gewisse Vorkehrungen treffen. Jetzt begebt Euch nach Hause, dort werdet Ihr eine zauberhafte Nacht erleben."

Wie in Trance zahlt Bella und macht sich auf den Heimweg.

Das Fußballspiel muss wohl zu Ende sein, denn Dennis ist schon ins Bett gegangen. Merkwürdig, Bella hat gar nicht bemerkt, wie schnell die Zeit vergangen ist. Sie geht ins Bad, zieht ihr Nachthemd an und schlüpft neben ihm unter die Decke. Er murmelt undeutlich etwas und dreht sich auf die andere Seite. Was für einen Unsinn der Mann in dem Lokal erzählt hat und wie komisch er gesprochen hat. Irgendwie total altmodisch. Bella beschließt, nicht mehr über ihn nachzudenken. Morgen will sie versuchen, sich mit Dennis auszusprechen.

Ein leises Geräusch lässt sie hochschrecken. Sie richtet sich auf, bemerkt den Fremden von vorhin, der vor ihrem Bett steht. Er legt seine Hand leicht auf ihren Mund. „Sprecht nicht", befiehlt er ihr. „Lasst den Zauber dieser Nacht wirken. Ich verspreche Euch eine nie geahnte Befriedigung, wenn Ihr Euch an meine Anweisungen haltet."
Bella nickt, ist wieder wie in Trance, findet es zu ihrem eigenen Erstaunen ganz normal, dass ein bedrohlicher, wildfremder Mann sich über sie beugt.
„Nun, Ihr habt noch keine Erfahrungen mit einer Ménage-à-trois gemacht", fährt er fort. „Das wird sich ändern. Ihr werdet etwas erleben, dass Ihr Euch nicht einmal im Traum gestatten würdet, meine Liebe."
Bella spürt, wie er sacht unter die Bettdecke gleitet und seinen Körper dicht an den ihren presst. Durch ihr Nachthemd fühlt sie, wie

sich seine Härte an ihr reibt. Ein heißes Lustgefühl macht sich in ihr breit.

Ihr Nachthemd wird langsam hinaufgeschoben, sein pulsierender Stab gleitet sacht in ihre feuchte Spalte, während er sie umarmt, seine Hände auf ihre Brüste legt und die erregierten Brustwarzen zwirbelt. Bella stöhnt leise auf, streckt dem Unbekannten ihren Po entgegen, was ihn dazu veranlasst, so tief wie möglich in sie einzudringen. Sie feuchtete ihren Zeigefinger an, reibt über ihre vor Lust pralle Perle, erhöht das Tempo, während der heiße Kolben des Unbekannten tief in sie stößt.

Plötzlich gleitet etwas Weiches über ihre Lippen, die sich wie von selbst öffnen. „Dennis", fährt es ihr durch den Sinn. Sie saugt abwechselnd an beiden Hodensäcken, nimmt sie in den Mund, verwöhnt sie mit der Zunge, nimmt schließlich den steifen Penis ihres Mannes in den Mund, saugt und leckt, lässt ihre Zunge um die Eichel kreisen. Gleichzeitig stößt der Fremde sein pulsierendes Glied immer schneller und härter in sie. Bella kann nicht mehr an sich halten, eine Welle der Lust überrollt sie, endet in einem wahnsinnigen Orgasmus.

Ganz plötzlich änderte sich das Szenario. Bella steht mitten im Raum, die Hände über dem Kopf gefesselt, hilflos an einem Haken hängend, der in der Decke eingelassen ist. Der Unbekannte und Dennis stehen unbekleidet vor ihr.

Während Dennis sie mit glühenden Augen beobachtet tritt der Fremde einen Schritt vor und reißt ihr mit einer einzigen Bewegung das Nachthemd vom Körper. Bella fühlt sich nackt und bloß, den gierigen Blicken und den Gelüsten der beiden Männer ausgeliefert.

Der Fremde umrundet sie, steht nun hinter ihr. Vergeblich versucht Bella sich zu drehen, denn Dennis kniet sich vor sie, hebt eines ihrer Beine über seine Schulter und nimmt mit seinem Mund ihr Lustdreieck in Beschlag. Bella schließt die Augen, konzentriert sich auf die streichelnde und leckende Zunge. Nimmt schließlich wahr, dass der Fremde sich von hinten an sie drückt, die Arme um sie legt und ihre Brustwarzen heftig zwirbelt. Längst hatte sie ihr Lustgefühl nicht mehr unter Kontrolle, wird wieder von einem Orgasmus überrollt.

Während Dennis aufsteht, hält der Fremde sie immer noch in den Armen, drückt seine pralle Härte an sie. Dann zieht er ihre Pobacken auseinander und dringt in sie ein. Dennis küsste sie. Anschließend schiebt er ihr sein Glied in die vordere Pforte, sodass

Bella nun zwei pochende Schwänze in ihrem Leib spürt. In immer schneller werdendem Rhythmus spießen beide Männer sie von vorn und hinten auf. Gleichzeitig massiert und zwirbelt der Fremde ihre Brüste bis an die Schmerzgrenze. Gierig saugt sie Dennis Zunge in ihren Mund, gibt sich voller Leidenschaft dem puren Genuss hin. Es kommt ihr vor, als schwebe sie durch die Zeit, würde unendlich lange von den Männern bearbeitet. Schließlich schreit sie ihre unbändige Lust heraus, ihr Körper zuckt, sie hat einen nicht enden wollenden Orgasmus, während beide Männer sich in ihr ergießen.

Bella wacht in ihrem Bett auf. Sie fühlt sich entspannt wie lange nicht mehr. Dennis hat einen Arm um sie gelegt, er schläft noch. Sie reckt sich und lächelt. Was war das für ein verrückter Traum. Niemals würde sie Dennis davon erzählen, was soll er von ihr denken, wo er doch so bieder und unflexibel ist. Verträumt lässt sie ihre Hände über die Brüste bis zu ihrer Scham gleiten.
Dennis blinzelt. „Süße, was für eine Nacht", murmele er schlaftrunken und nimmt sie in den Arm. „Boh, warst du geil. Es tut mir echt leid, dass ich nicht schon längst auf die Idee gekommen bin, etwas Neues mit dir auszuprobieren. Ich verspreche dir, dass sich ab

sofort eine Menge ändern wird. Vielleicht sollten wir sofort damit anfangen."

Er greift ihr energisch zwischen die Beine. Gleichzeitig schockiert und erfreut stellt Bella fest, dass sie sofort feucht wird.

Ein Jahr später:
Bella öffnet den Briefkasten, findet einen seltsam altmodisch anmutenden Brief. Voller Neugier öffnet sie ihn und liest:

Bella, meine Schöne,
heute vor genau einem Jahr seid Ihr mir eine reizende Gespielin gewesen. Ich habe lange nicht mehr einen solchen Genuss verspürt wie mit Euch und ich weiß, dass auch Ihr es mit allen Sinnen genossen habt. Ihr habt gut daran getan, Eurem Gatten nichts von den wirklichen Ereignissen erzählt zu haben. Er glaubt nach wie vor, dass er der Einzige war. Nun, in der heutigen Nacht werde ich Euch erneut besuchen. Ich weiß, wie ich Euch noch mehr Lust bereiten kann, als es vor einem Jahr der Fall war.
Wartet mit Ungeduld auf mich, meine Schöne.
Euer ergebener Diener

Strandgeflüster

Wie oft bin ich schon den sandigen Weg entlang gegangen, der zu meiner verschwiegenen Bucht führt. Ein kleiner Strand nur, von Wald umgeben, an den sich kaum ein Mensch verirrte. So ganz anders als an den großen Stränden, an denen sich die Sonnenhungrigen tummeln, kann ich hier in Ruhe relaxen, baden, den Sonnenuntergang ganz für mich allein genießen.

Doch heute ist alles anders. Er sitzt gedankenversunken im Sand, schaut den Wellen zu, die sanft plätschernd am Strand auslaufen.

Barfuß schleiche ich mich an, halte ihm die Augen zu, lehne mich an seinen Rücken. Er legt seine Hände über die meinen. „Da bist du ja. Ich habe dich schon sehnsüchtig erwartet. Gehen wir schwimmen?"

Ich nicke lächelnd, ziehe mein Shirt und die Shorts aus.

„Ich bin schneller als du", mit diesen Worten spurte ich los. Das Wasser reicht mir bis zur Taille und die plötzliche Kälte lässt mich scharf Atem holen.

Er entledigt sich seiner Jeans und läuft mir hinterher.

„Da bist du ja, du lahme Ente." Kichernd spritzte ich ihm eine Ladung Wasser ins

Gesicht. Er japst nach Luft.

„Na warte, du kleines Biest", knurrt er, packt mich, zieht mich dicht an sich. „Du hast entschieden zu viel an!"

Er schiebt geschickt mein Bikinioberteil zur Seite und beugt den Kopf.

„Findest du?" Ich lege die Arme um seinen Nacken, genieße das Gefühl seines Mundes an meiner Brust. Die Nippel richten sich auf, als seine Lippen sie umschließen. Erregung durchzuckt meinen Körper, es fühlt sich fast an, wie lauter kleine Stromschläge. Die Kälte des Wassers macht mir plötzlich gar nichts mehr aus.

Er knabbert vorsichtig an meinen Warzen, lässt mich seine Zähne spüren. Leise aufstöhnend lege ich meinen Kopf in den Nacken. Ich schlinge die Beine um ihn, fühle wie seine großen Hände meine Oberschenkel entlanggleiten, bis unter meinen Po. Er zieht mich noch fester gegen seine Hüften, um mich schließlich hochzuheben und auch mein Bikinihöschen zur Seite zu schieben. Schon spüre ich seine pulsierende Spitze an meiner Pforte. Langsam lässt er mich auf sich nieder. Ich nehme Stück für Stück mehr von ihm auf, genieße die Dehnung in mir.

Langsam und genussvoll bewege ich mich auf ihm.

Seine Hände packen wieder meine Hüften,

er zieht mich mit jedem Stoß enger an sich.
„Sieh mich an", befiehlt er mir flüsternd.
Ich öffne meine Augen, treffe seinen fordernden Blick.
Immer schneller wird der gemeinsame Liebesritt bis endlich die heißen Wellen des Höhepunktes meinen Körper durchzucken, ihn explodieren lassen.
Wir klammern uns aneinander, hören die Laute der Lust des anderen. Sein ganzer Körper spannt sich an, er ergießt sich laut aufstöhnend in mir.
Ich lehne benommen meinen Kopf an seine Schulter, schließe die Augen, höre undeutlich das Rauschen der Brandung. Er fühlte sich weich an, fast wie ein

... Kissen???

Als ich die Augen wieder öffne, habe ich den Kopf in meinem Kissen vergraben, das ich fest im Arm halte.
Ich höre kein leises Rauschen der Wellen, stattdessen bin ich nass geschwitzt. Ein Blick auf den Wecker zeigt mir, dass es fast Zeit ist um aufzustehen. Frustriert drehe ich mich auf die andere Seite ...

... wieder nur ein Traum!

Das erste Mal

Wir hatten gut gegessen. Die Wahl des Restaurants war ganz vorzüglich, auch wenn ich im ersten Moment gezweifelt hatte. Ich wäre von allein nie auf die Idee gekommen, hier zu essen.

„Du kannst mir vertrauen. Es sieht ein bisschen heruntergekommen aus, aber das Essen ist fantastisch", hatte Andy mich mit einem Augenzwinkern beruhigt. So war es dann auch.

„Puh, ich kriege keinen Bissen mehr hinunter", japste ich schließlich. „Obwohl ich gern noch ein Dessert genommen hätte. Aber das können wir auch bei mir haben. Ich habe nämlich eine fantastische Champagnercreme im Kühlschrank. Alternativ wäre auch noch eine gute Flasche Wein vorhanden. Mein Vorschlag: Wir machen jetzt einen Verdauungsspaziergang zu mir nach Hause, all zu weit ist es ja nicht. Und dann überlegen wir uns die Sache. "

Wieder das Augenzwinkern. „Ich kann selbstverständlich nachher mit dem Taxi nach Hause fahren. Übrigens kann ich dann gleich die Unterlagen für den Termin morgen mitnehmen, falls du etwas später ins Büro kommst."

Jetzt war es an mir zu lächeln. „Das ist ausgesprochen zuvorkommend von dir. So stelle ich mir eine perfekte Zusammenarbeit vor."

Jetzt saßen wir in meinem Wohnzimmer und unterhielten uns richtig gut. Die zweite Flasche Wein war geöffnet, eigentlich sollte ich locker sein, doch irgendwie fühlte ich mich eigenartig. Mein Gegenüber schaute mich auf eine ganz besondere Weise an, zärtlich, atemberaubend zärtlich. Dieser Blick brachte eine Saite zum Klingen, von der ich bisher nichts geahnt hatte. Das verwirrte mich abgrundtief und machte mich zudem ziemlich nervös.

‚Das kann nicht sein', dachte ich. Wie lange kannten wir uns schon? Wie oft hatten wir zusammen an den verschiedensten Meetings teilgenommen, wie oft Gespräche Face to Face geführt.

Gut, wir mochten uns und ich schätzte die Art, mit der Andy immer genau Position bezog, man wusste, womit man es zu tun hatte. Hinzu kann, dass ich die Vorgesetzte war.

Und jetzt das – der verwirrende Blick aus zärtlichen brauen Augen mit einem ganz besonderen Glanz. Wie sollten wir in Zukunft miteinander arbeiten?

Ich schüttelte leicht den Kopf.

‚Was soll das', rief ich mich zur Ordnung. Schließlich war noch nichts passiert. Wahrscheinlich bildete ich mir da etwas ein, das gar nicht zutraf. Verlegen schenkte ich Wein nach, setzte mich betont entspannt hin, legte den Arm auf die Sofalehne. Irrte ich mich, oder war Andy näher gerückt? Warme Hände nahm meine eiskalten Finger, führten sie zum Mund. Ein sanfter Hauch, dann ein zärtlicher Kuss, der mich erschauern ließ.

„Ist dir kalt?"

Ich schüttelte den Kopf, wollte, konnte nicht antworten, konnte nichts über die plötzlich aufsteigende Begierde sagen.

Arme umfingen mich. Wieder dieser Blick, dann die Worte, leise, dahingehaucht.

„Ich will dich schon seit einer Ewigkeit. Es gab so viele Augenblicke, in denen ich kaum atmen konnte, weil ich dich so nah bei mir gespürt habe. Warum bin ich wohl ständig in deinem Büro? Und kannst du dich an die letzte Weihnachtsfeier erinnern? Da hattest du so ein schwarzes Oberteil an. Das war ziemlich durchsichtig. Ich konnte ganz deutlich deine Brüste sehen. Deine Brustwarzen sind ganz steif geworden, als ich sie einmal – zugegebener Maßen – nicht unabsichtlich streifte. Danach habe ich mich allerdings zurückgehalten, denn ich war sicher, dass jeder mir in dem Moment angesehen hat, was ich gerade empfand. Oder als wir die letzte Präsentation ausgearbeitet haben. Die ganze Zeit hatte ich den Duft deines Parfums in der Nase. Ich saß nah neben dir und konnte nicht mehr klar denken, weil ich mir immerzu ausmalen musste wie es wäre, dich zu küssen. Seit dem bist du permanent in meinem Kopf. Und jetzt ..."

Ehe ich mich versah hatte Andy sich zu mir gebeugt und berührte meine Lippen. Erst sacht, bedächtig, dann leidenschaftlich, feucht und fordernd. Hände tasteten, noch vorsichtig, fast unsicher, öffneten die Knöpfe meiner Bluse.

Ich stöhnte verhalten, half dabei, die störenden Kleidungsstücke loszuwerden.

Dann spürte ich wieder Andys weichen Mund. Die Zunge neckte meine Brustwarzen, ließ sie sich aufrichten, wanderte tiefer. Sanfte Hände spreizten meine Schenkel und ich gab dem Druck nur zu gern nach, stöhnte wieder, wand mich unter dem zarten Zungenspiel.

Alles um mich herum wurde unscharf, einzig die zärtliche Berührung zählte, war Mittelpunkt des Universums. Es gab keine Bedenken mehr, keine Beschränkung, alles fühlte sich richtig an. Und mit diesen Gedanken verströmte ich mich, hatte einen nicht enden wollenden Höhepunkt.

Als ich die Augen öffnete, sah ich in Andys liebevolles Gesicht.

„Das war dein erstes Mal mit einer Frau, nicht wahr?", lächelte sie.

Ich erwiderte das Lächeln. „Ja, und es war wunderbar. Aber jetzt musst du mir ein wenig helfen."

Zaghaft berührte ich ihre kleine, perfekte Brust.

Und war schon wieder atemlos ...

Ein heißer Winterabend

Sie hatten sich spontan zu einem Skiurlaub entschlossen und eine kleine, gemütliche Hütte mitten in den Bergen gemietet.

Heute war der Tag besonders schön, die Sonne lachte über schneeweißen Wiesen. Sie schaute träge aus dem Fenster, reckte sich genüsslich. „Ich glaube heute habe ich gar keine Lust zum Skifahren."

Er trat hinter sie, nahm sie in die Arme. „Das trifft sich gut. Ich hatte gerade daran gedacht ...", mit diesen Worten griff er unter ihren Pullover, strich ihr zart über die Brustwarzen. Einen Augenblick genoss sie seine Berührung, doch dann wandte sie sich aus seinen Armen.

„Oh nein, mein Lieber. Das können wir noch nachher machen. Ich hatte an einen langen Spaziergang gedacht. Die Sonne scheint gerade so toll." Sie griff nach ihrer Jacke. „Was ist, kommst du mit?"

„Na gut", grummelt langte er nach seinem Schal. „Dann gehen wir eben jetzt spazieren."

Es dauerte nicht lange und er hatte seine gute Laune wiedergefunden, stapfte neben ihr her, wirbelte mit den Füßen Schnee auf und verbreitete einfach Happiness.

Es war kalt, doch die Eiseskälte machte ihnen nichts aus, denn sie waren dick eingemummelt. Ab und zu zog er sie an sich, küsse sie, bis sie ganz atemlos wurde, vor Verlangen zu glühen schien.

„Ich glaube du brauchst dringend eine Abkühlung", japste sie nach einer besonders heftigen Kussattacke. Sie formte geschickt einen großen Schneeball und zielte auf ihn. „Volltreffer", stellte sie befriedigt fest, während er sich den Schnee aus dem Kragen schüttelte.

„Na warte, das sollst du mir büßen." Mit einem langen Schritt war er bei ihr. Er drängte sie gegen einen Baum, packte ihre Handgelenke mit einer Hand, hielt sie ihr über dem Kopf fest, während er ungeduldig am Reißverschluss ihrer Jacke zog. Nachdem er ihn geöffnet hatte, schob er ihren Pullover in die Höhe und widmete sich mit Hingabe ihren Brüsten. Trotz der Kälte schauderte es sie wohlig. Mit dem Rücken an den Baum gelehnt erwiderte sie seine immer heißer werdenden Küsse, drängte ihre Hüften an ihn, rieb sich an seiner prallen Härte.

„Bitte", murmelte sie nach einer Weile undeutlich, mit weichen Knien. „Bitte lass uns jetzt zurückgehen. Ich kann keine Minute mehr warten."

„Am Liebsten würde ich dich hier auf der Stelle vernaschen", knurrte er. „Aber dazu ist es nun wirklich zu kalt. Aber warte, wenn wir wieder in der Hütte sind ..."

Endlich war das Pärchen in der Hütte angekommen und entledigte sich hastig gegenseitig der störenden Kleidung. Vor dem Kamin lag ein großer, flauschiger Teppich. Sie setzten sich eng umschlungen darauf, genossen einen Augenblick die wohlige Hitze des Feuers.
Sie räkelte sich, legte sich mit einem Aufseufzen auf den Rücken. Die Augen geschlossen genoss sie die Wärme und seine Nähe. Plötzlich hatte sie Zeit, wollte diesen besonderen Moment bis zur Neige auskosten.
Eine Bewegung ließ sie die Augen öffnen. Sein Gesicht, ganz nah über ihr. Mit dem Daumen fuhr er zärtlich über ihre Wangenknochen. Wie von selbst legte sich ihre Hand in seinen Nacken, zog ihn noch näher. Sie küssten sich, erst sanft, dann immer verlangender. Sein Mund hinterließ eine brennende Spur, wanderte zu ihren Brüsten, umspielte die Nippel, reizte sie, bis sie sich hart aufrichteten. Wanderten weiter, machten einen Moment an ihrem Bauchnabel halt, umspielte auch ihn.

Mit einem sanften Druck seiner Hände drängte er ihre Schenkel auseinander. Sie spürte, wie seine Zunge ihr feuchtes Fleisch spaltete. Gierig öffnete sie ihre Beine noch weiter, wandte sich unter seiner Berührung, hatte das Gefühl gleich zu explodieren.

Doch sie wollte mehr, zog ihn zu sich hoch, küsste ihn verlangend, wollte schmecken, was er zuvor gekostet hatte.

„Ich will noch nicht kommen, erst will ich dich verwöhnen", flüsterte sie atemlos, drängte ihn auf den Rücken, ließ nun ihre Lippen auf die Wanderschaft gehen. Koste mit der Zungenspitze seine Halsbeuge, seine Brust, spürte, wie er erschauerte, eine Gänsehaut bekam.

Tiefer wanderte ihr Mund, die Zunge glitt an seinem feuchten Schaft entlang, umkreiste träge die glänzende Spitze. Langsam nahm sie ihn in die feuchte Wärme ihres Mundes, umschloss ihn fest mit den Lippen, während sie mit sanftem Druck seine Hoden massierte.

„Komm zu mir, bitte", flüsterte er rau. Sie setzte sich auf seinen Schoß.

Appetizer oder Dessert?

„Hallo, mein Herz. Ich rufe an, weil ich mich vergewissern möchte, ob du heute Abend pünktlich bist."
„Ja, natürlich. Wieso fragst du?"
„Oh, ich möchte etwas Besonderes für uns kochen. Lass dich überraschen. Das Dessert wird dir besonders gut gefallen."
„Ja dann werde ich sehr pünktlich sein, Chérie. Ich freue mich auf dich und natürlich auf das besondere Dessert. Ich werde es genießen."

Verlockende Düfte erfüllen die Luft, verheißen kulinarische Verführungen. Der Tisch für unser Tete-à-Tete ist gedeckt. Der Champagner liegt auf Eis. Ein Blick auf die Uhr sagt mir, dass er gleich hier sein muss, also zünde ich die Kerzen an. Ihr goldenes Licht verzaubert den Raum, lässt ihn funkeln.
Ohne dass ich es bemerkt habe, ist er eingetroffen, steht lächelnd in der Tür. „Es gefällt mir, was ich sehe", murmelt er und es ist offensichtlich, dass er nicht nur den gedeckten Tisch meint.

„Ich habe dich gar nicht kommen hören", lächle ich zurück. „Möchtest du einen Aperitif?"

Er lacht, kommt langsam auf mich zu.

„Oh ja, das ist eine gute Idee."

Er streicht mir zart über den Rücken, bis hinunter zum Po. Dann wandern seine Finger unter den Saum meines Rockes. Er küsst meine Lippen, lässt mich wissen, worauf er jetzt Hunger hat. Dann öffnet er meine Bluse, registriert erfreut, dass ich nichts darunter trage. Sein Mund wandert, zieht eine heiße Spur meinen Hals hinab, verweilt auf meiner Brust. Er leckt an meinen Knospen, umrundet sie mit der Zunge, bis ich vor Wonne stöhne und mich noch weiter an ihn presse. Seine Finger auf meinen Schenkeln entdecken den feuchten Mittelpunkt meiner Lust.

Er hebt mich auf die Tischkante, öffnet sein Hemd, während ich ungeduldig an seiner Hose zerre.

Endlich kommt er mir groß und hart entgegen. Ich massiere ihn, doch er ist ungeduldig, legt mich auf den Tisch, dringt gierig ein, stößt tief in mich. Ich wölbe ihm mein Becken entgegen, will ihn hart und unnachgiebig spüren, hechele und flehe ihn an. Fast brutal knetet er meine Brüste, reizt die harten Warzen, unerträglich ist die Lust. Ich höre ihn stöhnen, fühle sein Beben. Oder bin ich es, die zittert, bebt, seinen Namen stöhnt? Unsägliche Lust lässt mich schreien, bis ich explodiere.

Er liegt halb auf mir, ich fühle warme, wohlige Feuchte zwischen den Beinen. Gemeinsam kommen wir zu Atem.

Schließlich stützt er sich auf die Hände, schaut mir zärtlich in die Augen, lächelt befriedigt. „Das war der Appetizer, jetzt essen wir, nicht wahr!"

Ich muss lachen. „Das war so aber nicht geplant. Eigentlich war ich das Dessert. Ich glaube jetzt möchte ich erst einen Schluck Champagner."

Büro, Büro

‚Fertig!' Alice reckte sich in ihrem Bürostuhl. Sie hatte den ganzen Tag konzentriert gearbeitet. Ihre Nackenpartie fühlte sich arg verspannt an, doch das Projekt hatte keinen Aufschub geduldet, schon morgen sollte die Präsentation sein.

Jetzt, am späten Nachmittag befand sich kaum noch jemand im Bürogebäude. Der allgemeine Feierabend war schon vor einiger Zeit eingeläutet worden.

Die Tür zu ihrem Büro öffnete sich, ihr Chef betrat den Raum. „Wie sieht es aus, ist die Präsentation fertig?", fragte er.

„Aber sicher, ich habe gerade die letzten Feinarbeiten erledigt. Alles ist für morgen vorbereitet. Jetzt könnte ich Feierabend machen..." Alice stand auf, strich sich den Rock gerade.

Er musterte sie für einen Moment. „Ist es normal, im Büro einen so kurzen Rock zu tragen? Auch die Bluse ist fast durchsichtig", sagte er streng. Das war eine unverschämte Übertreibung. Alice schaute an sich hinunter. Ihr Rocksaum schloss kurz über dem Knie ab, brachte allerdings ihre wohlgeformten Beine gut zur Geltung. Die Seidenbluse war hoch geschlossen, ließ den BH nur sehr dezent durchschimmern.

„Was soll das denn?", entfuhr es ihr. „Soll ich morgen eine Burka tragen, oder was?"

Statt zu antworten, schloss er mit einem Ruck die Bürotür, drehte den Schlüssel im Schloss, kam langsam auf sie zu. Alice wich ebenso langsam zurück, fühlte die Fensterbank in ihrem Rücken. Jetzt stand er dicht vor ihr.

„Ich will dich lehren, so mit mir zu reden", flüsterte er und begann die Knöpf ihrer Bluse zu öffnen, quälend langsam. Sie stand bewegungslos, während er die Hände in die Körbchen ihres BHs gleiten ließ, ihre Nippel umkreise und anschließen den störenden BH zur Seite schob. Er senkte den Kopf, liebkoste ihre Brust jetzt mit dem Mund. Erregung überflutete sie, sie schloss die Augen. Mit einem Ruck drehte er sie zum Fenster, drängte seinen Körper gegen ihren Rücken. Seine Hände tasteten unter ihren Rocksaum, schoben ihn hoch, fuhren über ihre Pobacken, während er ihren Nacken küsste. Seine Hand glitt zwischen ihre Schenkel, schoben ihren String zur Seite. Er fühlte ihre Nässe. „Du willst es doch nicht anders", flüsterte er rau.

„Ja, bitte", stammelte sie erregt und hörte wie er seinen Reißverschluss öffnete. Im nächsten Moment war er in ihr, kraftvoll, rücksichtslos. Alice bog den Rücken, stützte sich an der Fensterbank ab. ‚Meine Güte, hoffentlich ist niemand mehr auf dem Gelände und sieht mich', fuhr es ihr durch den Kopf, doch gleichzeitig erregte sie der Gedanke. Doch dann konnte sie an nicht mehr denken, spürte seine harten Stöße, gab sich ihnen vollkommen hin, antwortete ihm mit ihrem Körper, stöhnte, spürte wie sich sein ganzer Körper anspannte. Sein Erguss ließ sie lustvoll erbeben, sich verströmen.

Einen Augenblick verharrten sie in dieser Stellung, dann küsste er noch einmal ihren Nacken, löste sich von ihr. Alice drehte sich zu ihm und während er lächelnd seinen Reißverschluss schloss, richtete sie ihre Kleidung, küsste ihn zärtlich auf den Mund. „Das war einfach toll."

Sein Lächeln hatte sich in ein Grinsen verwandelt. „Das hast du davon, wenn du so heiß angezogen ins Büro kommst, my Dear. Wollen wir essen gehen? Ich habe einen Mordshunger bekommen."

„Oh ja, ich bin auch ziemlich hungrig."

„Dann wollen wir mal." Er öffnete schwungvoll die Bürotür. „Ich hoffe du ziehst morgen einen Hosenanzug an. Ich wüsste nicht, wie ich es unseren Kunden erklären sollte, dass wir zu spät kommen, weil ich meine sexy Frau noch vor der Präsentation vernaschen muss ..."

Blind Date

Hallo Du,

das war mein erstes Blind Date gestern und es war sehr aufregend. Ich war so gespannt auf Dich – na ja, sicherlich nicht gespannter, als Du es gewesen bist. Deine Emails waren verwirrend. Manchmal recht keck, dann wieder fast verklemmt (verzeih einem dummen Mann diesen Ausdruck). Deine Stimme am Telefon lieferte dann ein anderes Bild. Eigentlich war es ganz egal, WAS Du sagtest, das WIE war ausschlaggebend. Du klangst lebendig, humorvoll und sexy – ja auch das.

Als wir uns gestern begegneten, war ich sofort fasziniert, von Dir als Gesamtbild, Deinen funkelnden Augen, die mich anlächelten. Allerdings muss ich zugeben, dass auch Deine Figur mir ausgezeichnet gefallen hat...

Es war schon merkwürdig zwischen uns. Irgendwie neutral, weder distanziert noch nah. Doch dann lächeltest Du und alles war so, wie es sein sollte.

Im Café wäre ich gern sehr geistreich gewesen, doch mir fehlten die Worte. Zudem warst Du eher schweigsam, mustertest mich fast abschätzend und unsicher machend. Dann sagtest Du: ‚Wollen wir jetzt etwas trinken?' und das Eis war gebrochen. Es wurde ein schöner Nachmittag mit allem: Lachen, erns-

ten Gesprächen, Händchen halten.

Unser Abschied war dann wieder verwirrend für mich. Ich wollte Dir nicht ‚geschäftsmäßig' die Hand drücken, doch meine Umarmung war auch nicht richtig, denn sie hat Dich verlegen gemacht. Du gingst auf Distanz. So gingen wir auseinander und ich dachte, dass ich dich nie wiedersehen würde. Heut' Morgen erwachte ich mit einem Bauchkribbeln. Ich war mir immer noch unsicher, ob Du Dich noch einmal melden würdest. Den halben Tag habe ich tatenlos ins Feuer gestarrt (das tun wir Männer öfter auch wenn es gar kein offenes Feuer gibt) und gehadert, weil ich Deine Telefonnummer nicht hatte. Das Klingeln des Telefons unterbrach mich bei dieser wichtigen Tätigkeit. Der Hörer wäre mir fast aus der Hand gefallen - Du warst am anderen Ende. Zum Glück habe ich ihn noch rechtzeitig aufgefangen. (Das hätte noch gefehlt, ein zerstörtes Telefon und keine Möglichkeit Deine Stimme zu hören).

‚Es war schön gestern', sagtest Du zögernd, was mich lächeln ließ.

‚Ja, das war es, aber es fehlt noch etwas'. Da war es wieder, Dein Lachen und ich sah Deine Funkelaugen vor mir. Der Rest war ganz leicht.

Ich freue mich auf den morgigen Tag, auf das

*Abendessen bei Dir zu Hause. Doch am aller-
meisten freue ich mich auf Dich!*

Er:

Eigentlich hatte ich Blumen besorgen wollen, aber dann kam mir eine andere Idee.
Ein Badezusatz sollte es sein. Aus einem
Impuls heraus kaufe ich eine kleine Flasche
Massageöl dazu. Allerdings fiel mir unterwegs ein, dass ich ja gar nicht wusste, ob sie
überhaupt eine Badewanne hatte. Ich hoffte
das Beste.

Endlich stand ich vor ihrer Wohnungstür,
ein wenig unsicher und etwas kurzatmig,
was nicht unbedingt an den Treppenstufen
zum zweiten Stock lag. Sie öffnete
schwungvoll die Tür, schaute mich lächelnd
an und ich fühlte mich schon viel wohler in
meiner Haut. Ich nahm sie in den Arm und
dieses Mal passte es, das Lächeln hatte ihre
Augen erreicht.

Der Tisch war schön gedeckt, doch es fehlten die Blumen. Ich trat mir innerlich in den
Allerwertesten. Nun, es war definitiv zu
spät und so überreichte ich ihr das Päck-
chen mit meinem Mitbringsel. Erleichtert
stellte ich fest, dass sie sich darüber freute.
Sie stellte die Sachen mitten auf den Tisch,
an den Platz, an den eigentlich die Blumen

gehörten.

Während des köstlichen Essens wurden wir beide lockerer. Ich konnte sie zum Lachen bringen, sie flirtete mild mit mir. Nach dem Essen und dem gemeinsamen Abräumen genossen wir einen Espresso, saßen uns in ihrem Wohnzimmer gegenüber. Durch das flimmernde Kerzenlicht bekamen ihre Augen einen ganz besonderen Glanz. Sie zögerte kurz, fragte: „Du hast gestern gesagt, es würde noch etwas fehlen. Was hast du genau damit gemeint?"

Auch ich zögerte einen Moment, dann antwortete ich ehrlich. „ Ich möchte zuerst gern zärtlich zu dir sein und wenn es passt, dann würde ich gern mit dir schlafen."

Ich schluckte, doch sie schien weder empört noch überrascht zu sein. Sie erhob sich, streckte mir die Hand entgegen. „Komm", sagte sie. Nur dieses eine Wort.

Dann standen wir vor ihrem Bett. Eine merkwürdige Situation war das. Vor mir stand eine begehrenswerte Frau, die mich in ihr Schlafzimmer geführt hatte und jetzt hatte ich sogar Hemmungen, sie in den Arm zu nehmen.

Sie schaute mich aufmerksam an. „Es ist ein komisches Gefühl, jedenfalls für mich", sagte sie. „Aber gleichzeitig fühlt es sich richtig an. Sag, was würdest du am Liebsten mit mir machen?"

Sie überraschte mich wirklich. Auch jetzt entschloss ich mich dazu ehrlich zu sein. „Ich würde gern deine Hände festbinden. Du kannst mir wirklich vertrauen", fügte ich hastig hinzu.

Ein langer Blick von ihr. „Ich vertraue dir", stellte sie fest, ging zu einer Kommode, öffnete die oberste Schublade und machte eine einladende Bewegung. Ich folgte ihr und stellte fest, dass sich einige Seidentücher in der Schublade befanden. Ich nahm zwei heraus. „Warte bitte, nur einem Moment."

Aus einem Impuls heraus ging ich, um das Massageöl zu holen. Als ich zurück ins Schlafzimmer kam stand sie in ihrer zarten Spitzenunterwäsche vor mir. Ich holte tief Luft, knöpfte mir langsam das Hemd auf, schlüpfte aus meiner Hose.

„Lass mich das machen", bat ich, als sie nach dem Verschluss ihrs BHs griff. Sie drehte mir den Rücken zu. Ich legte zunächst einmal meine Arme um sie, streichelte vorsichtig ihren Bauch, ließ mein Hände zu ihren Brüsten wandern, knabberte an ihrem Nacken. Sie stöhnte leise. Behutsam öffnete ich nun ihren BH, drehte sie zu mir herum, betrachtete sie für einen Augenblick. Was ich sah gefiel mir sehr. Weiche, straffe Haut, sanfte Rundungen, wunderschöne Brüste.

„Du bist wunderbar", flüsterte ich ihr ins Ohr, ließ meine Lippen zu ihrem Mund wandern, küsste sie ausgiebig, spürte ihr Zungenspiel. Schließlich lösten wir uns voneinander.

„Komm", nun war es an mir, dieses Wort zu sagen. Ich reichte ihr die Hand, führte sie zum Bett, auf dem sie sich niederließ. Ich zögerte. „Ist es in Ordnung für dich, wenn ich dir jetzt die Hände binde? Du kannst mir vertrauen. Sobald du Stopp sagst, höre ich auf."

Sie ließ sich zurücksinken. „Es ist alles in Ordnung, ich vertraue dir."

So band ich ihr die Hände mit den Seidentüchern, die ich locker am Kopfteil des Bettes befestigte. Anschließend kniete ich mich neben sie, strich ihr zärtlich eine vorwitzige Haarsträhne aus dem Gesicht, küsste sie wieder auf den Mund. Sie schloss die Augen, erwiderte meinen Kuss, stöhnte wieder leise, als ich meinen Mund wandern ließ, schließlich eine Brustwarze zwischen die Lippen nahm, sie mit der Zunge umkreiste. Vorsichtig ließ ich sie meine Zähne spüren, was sie mit einem erregten Aufstöhnen quittierte.

Ich löste mich von ihr, griff zum Massageöl, verteilte ich es mit gleichmäßigem streicheln auf ihrem Bauch, den Brüsten und ganz leicht auf dem Hals und den Schultern. Sie wurde unruhig, schlug die Augen auf. „Bitte", flüsterte sie.

Ich griff noch einmal nach dem Ölfläschchen, konzentrierte mich auf ihre Schenkel, die sie für mich spreizte. Vorsichtig strich ich über ihre Scham, fühlte trotz des Öls ihre Nässe, massierte sie fester, ließ schließlich zwei Finger in ihre feuchten Schoß gleiten. Sie kam mir entgegen, bewegte sich jetzt rhythmisch. Ich passte mein Fingerspiel ihren Bewegungen an, rieb mit der anderen Hand ihre Scham. Sie spreizte die Schenkel noch weiter auseinander, hob den Rücken. „Bitte hör nicht auf", keuchte sie, wurde noch nasser, erhöhte das Tempo. Ihr Körper spannte sich noch weiter an und mit einem tiefen Stöhnen kam sie.

Vorsichtig löste ich die Finger aus der Umklammerung ihres Schoßes, band die Seidentücher von ihren Handgelenken. Ich legte mich neben sie, nahm sie in die Arme und streichelte ihren Rücken, bis sie wieder zu Atem gekommen war.

„Was ist mir dir", nuschelte sie undeutlich, den Mund an meiner Brust.

Ich lächelte. „Darüber brachst du dir keine Gedanken machen. Heute ist ein besonderer Tag, dein Tag. Ich bin das nächste Mal dran."

Sie hob erstaunt den Kopf. „Wirklich? Du

bist ein ganz erstaunlicher Mann."

Ich betrachtete ihr Gesicht, das jetzt entspannt und schön in meiner Armbeuge lag. „Meinst du? Vielleicht hast du bisher noch nicht den richtigen Mann kennengelernt. Ich jedenfalls möchte beim nächsten Mal mit dir zusammen kommen."

Wir lagen noch eine ganze Weile beieinander. Ich musste mir eingestehen, dass ich mir dieses Date eigentlich ganz anders vorgestellt hatte, doch es war alles gut so. Ich hatte eine ganz besondere Frau kennengelernt, die des Wartens wert war.

Wir hielten uns im Arm, tranken Wein, unterhielten uns und schwiegen miteinander. Dann war es Zeit zu gehen. Ein letztes Lächeln, ein letzter Blick und das Versprechen auf ein baldiges Wiedersehen.

Sie:

Als ich aufwachte, war es warm in mir. Ich konnte ihn an mir riechen, obwohl wir ja eigentlich nicht miteinander geschlafen hatten, jedenfalls nicht auf die herkömmliche Art. Er hatte mich wunderbar befriedigt, doch selbst war er nicht befriedigt worden. Ich hatte bisher noch keinen Mann kennengelernt, der sich damit zufrieden gab. Na ja, so viele Männer hatte ich auch eigentlich noch nicht gehabt, um das beurteilen zu können, stellte ich in einem Anflug von Selbstkritik fest.

Selbst im Büro schien er immer noch bei mir zu sein. Der Gedanke an ihn beflügelte mich den ganzen Tag. Ich fragte mich, wie er sich wohl fühlte, wie es ihm gerade ging. Und ich freute mich auf den Abend. Ich würde früh ins Bett gehen, mit ihm telefonieren, mit seiner Stimme im Ohr einschlafen. Bestimmt würde ich von ihm träumen. Natürlich wäre es schöner gewesen, ihn heute noch zu sehen, doch das musste von ihm kommen, wie ich fand. Ich war nach dem vergangen Abend einfach ein wenig unsicher.

Nach Feierabend erledigte ich meine Einkäufe und ging dann direkt nach Hause. Vielleicht würde er mich ja schon am frühen Abend anrufen. Als es wenig später an der Wohnungstür klingelte, dachte ich an alles, jedoch...

ER stand vor der Tür, hielt einen dicken Rosenstrauß in der Hand und grinste über mein völlig perplexes: „Hallo du."

Jäh stieg heiße Freude in mir auf, ich streckte ihm die Hand entgegen. „Komm!"

Doch wir kamen zunächst einmal nur bis in den Korridor, denn ich musste ihn sofort küssen. Die Rosen legte er einfach ab und erwiderte den Kuss leidenschaftlich. Indes gingen seine Hände auf die Wanderschaft, ertasteten die Rundungen meines Pos, kneteten ihn, bewegten sich unter meinen Rock, zwischen meine Beine. Diese Berührung ließ mich feucht werden. Ich spürte seine Erregung heiß an meinem Bauch.

Auch er konnte nicht mehr warten, nahm mich in den Arm, trug mich ins Schlafzimmer. Dieses Mal wurde das ausziehen schwieriger, denn wir konnten unsere Kleider nicht schnell genug loswerden, was im wahrsten Sinne des Wortes zu Verwicklungen führte. Doch wir nahmen auch diese Hürde und fielen engumschlungen auf das Bett. Heute wollte ich ihn verwöhnen.

„Leg dich auf den Rücken", sagte ich bestimmt. „Heute ist dein Tag", ich zögerte. „Na ja, und ein klein wenig auch der meine." Ich ließ meinen Mund wandern, von seinem Mund, über seine Brust und den Bauchnabel weiter zu seinem aufgerichteten Phallus. Ich nahm ihn in den Mund, umkreiste mit der Zunge seine glänzende Eichel. Trieb mein Spiel quälend langsam mit ihm, leckte und saugte, ließ ihn fast zum Höhepunkt kommen, aber nur fast.

„Komm zu mir", flehte er irgendwann. Ich hockte mich auf ihn, nahm seinen prallen Sporn langsam in mir auf, fühlte seine Hände an meinen Hüften.

Jetzt konnte auch ich mich nicht mehr beherrschen, ritt ihn, immer schneller. Spürte, dass er noch härter und länger wurde, dass er sich genauso wenig beherrschen kann wie ich. Dann endlich explodiert er tief in mir und auch ich erbebe vor Wonne, ließ mich auf ihn sinken.

Viel später am Abend lagen wir aneinander gekuschelt da. Lauschten gesättigt und zufrieden in die Nacht.

„Was meinst du, wollen wir das nächste Mal zusammen baden. Ich hätte da noch einen tollen Badezusatz, den habe ich neulich erst geschenkt bekommen."

Ich höre ihn leise lachen. „Ja, unbedingt. Von mir aus gleich morgen."

Ein ganz besonderer Tango

„Meinst du wirklich, dass es eine so gute Idee war?"

Verdrossen schaue ich meine Freundin an, die im Gegensatz zu mir strahlt.

„Stell dich bloß nicht so an. Es ist doch einfach genial hier! Schau dir mal die Typen an! Sind sie nicht himmlisch", sie seufzt entzückt, was mich dazu bringt, die Augen zu verdrehen. Sie hat halt einen merkwürdigen Geschmack, was Männer anbetrifft.

Nun, jetzt bin ich einmal hier und kann sie nicht einfach sitzen lassen. Ich zucke resigniert die Schultern und schaue einmal mehr frustriert um mich.

‚Wieso bin ich nur auf die dämliche Idee gekommen, sie in dieses Lokal zu begleiten', hadere ich weiter mit mir.

In der dämmerigen Kaschemme wird ausschließlich Tango gespielt und das von einer schmierig aussehenden Live Band. Ich komme mir vor, als würde ich mich in den Roaring Twentis befinden, bloß dass ich mich so gar nicht wild fühle, sondern eher gelangweilt. Hinzu kommt, dass die Typen hier mich allesamt an schmierige Gigolos erinnern, die es eigentlich nur in uralten Filmen gibt.

Meine Freundin stößt mir den Ellenbogen in die Rippen.

„Schau bloß mal was da für ein fan-tastischer Kerl hereinkommt." Sie sieht aus, als würde sie gleich hyperventilieren. „Der ist ziemlich oft hier. Du ahnst nicht, wen er schon alles abgeschleppt hat", ein theatralischer Seufzer folgt. „Bloß mich schaut er nicht an ..." Sie saugt wie wild an dem Strohhalm, der in ihrem Cocktail steckt.

Ich gucke mir den Fantastischen an. Zugegeben, er sieht nicht schlecht aus, hat etwas – na ja – animalisches an sich, das mich unruhig macht. Ich zucke wieder mit den Schultern, dieses Mal betont gleichgültig. „Ja, wenn man auf solche Typen steht."

Während des nächsten Musikstücks tanzt er mit einer Person, die unmöglich gefärbte Haare hat. Diesen Rotton gibt es eigentlich gar nicht. Zudem ist die Frau schrecklich gekleidet, die großen Brüste fallen ihr fast aus dem Dekolleté. Ich erwische ich mich immer öfter dabei, wie ich den Typen beobachte und merke, dass er den Augenkontakt mit mir sucht, obwohl er seine Partnerin gekonnt über das Parkett schiebt.

‚Er kann super tanzen, bewegt sich wirklich gut zur Musik. Ob er auch gut im Bett ist?' Ich rufe mich zur Ordnung und bemühe mich ihn nicht mehr zur Kenntnis zu nehmen, indem ich mich demonstrativ umdrehe.

Wieder bekomme ich einen Rippenstoß, dieses Mal noch fester. „Oh mein Gott, er guckt in unsere Richtung, die ganze Zeit schon. Jesus, jetzt kommt er zu uns. Bestimmt will er mich zum Tanzen auffordern", stammelt meine Freundin und wird knallrot.

Neugierig drehe ich mich um.

„Tanz mit mir!" Er lächelt, sanft und doch herausfordernd. Er weiß ganz genau was er will, nimmt meine Hand, zieht mich in seinen Arm. Er braucht dazu nur eine einzige kleine Bewegung. Ich fühle mich plötzlich ganz eigenartig, irgendwie willenlos und schmiege mich an ihn. Er lässt mir kaum Zeit um Luft zu holen. Seine Hand liegt auf meinem verlängerten Rücken, streichelt mich sanft, führt mich zu den Klängen der Musik.

Eigentlich mag ich den Tango nicht besonders, aber jetzt nimmt er mich gefangen. Ich lasse mich auf die Musik ein – und auf ihn. Unsere Hüften kreisen, bewegen sich im Takt. Becken berühren sich, reiben aneinander. Ich spüre seine Finger durch den Stoff meines Kleides, sie kommen mir heiß vor, verbrennen mich fast. Die Hitze überträgt sich auf meine Lenden und ich reibe mich weiter an ihm, fühle seine Härte. Das Musikstück ist zu Ende, doch er lässt mich nicht los, führt mich in den nächsten Tanz, presst mich noch enger an sich. Ich folge allen seinen Bewegungen.

Unvermittelt bleibt er stehen, nimmt meine Hand. Ich fühle mich wie in Trance. Gemeinsam verlassen wir den Saal, suchen im stillen Einvernehmen einen ruhigen Platz. Ich zittere vor Ungeduld, lehne mich schließlich gegen eine Hauswand, kann nicht länger warten.

Zu viel Stoff zwischen uns. Er schiebt die Seide meines Rockes hoch, seine Hände zittern fiebrig. Ich spüre seine drängende, harte Lust, will ihn tief in mir, stöhne: „Tanz mit mir!" Seine Hände halten mich, während meine Beine ihn umklammern. Ich hebe den Schoß, kreise, gebe den Takt vor. Die Lust kribbelt unerträglich, brodelt, ergießt sich. Der Himmel explodiert.

Ich lehne mich an ihn, lecke Salz von seiner Brust. Er umfängt mich mit seinen Armen, hüllt mich einen Augenblick ein mit seiner Wärme. Doch ich weiß genau, dass dies nur ein Tanz war, der sich nicht widerholen wird.

Und eigentlich mag ich den Tango gar nicht ...

Saturday Night Fever

Heute ist der erste Samstag des Monats, es ist meine Nacht. Die Stadt pulsiert vor Leben und genau das ist es was ich will: leben und erleben, mich gehen lassen.
Ich fühle eine angenehme Anspannung, Adrenalin pur scheint durch meine Adern zu rauschen. Ich schließ die Augen, streiche über meinen nackten Körper. Fühle die Brüste, fest schmiegen sie sich in meine Handflächen. Ich lasse meine Hände wandern. Schließlich finden meine Finger das Zentrum meiner Lust, spielen, reiben über die Perle. Ich gönne mir einen Augenblick der Vorfreude, fühle ein angenehmes Prickeln.
Halt – ich öffne die Augen. Heute will ich mir nicht selbst Erleichterung verschaffen, wie an so vielen Abenden. Heute ist ein ganz besonderer Tag.

So öffne ich den Kleiderschrank, lass meinen Blick suchend über die verschiedenen Kleidungsstücke gleiten. Registriere wieder einmal zufrieden, dass der Schrank akkurat aufgeräumt ist. So will ich es haben, so ist mein Leben, aufgeräumt und durchstrukturiert. Ich überlasse nichts dem Zufall. Alle meine Handlungen sind gut durchdacht, der Tag optimal organisiert. Für einen Mann fehlen mir die nötige Zeit und auch die nötige Geduld.

Schon habe ich gefunden, was ich heute anziehen werde: Ein hautenges schwarzes Kleid, das trotz Transparenz nicht wirklich durchsichtig ist. Die Wahl der Dessous ist nicht schwierig. Einen BH brauche ich nicht. Ich überlege, ob ich überhaupt ein Höschen anziehen sollte, entscheide mich dann aber für einen schwarzen String, der vorn lediglich ein winziges Dreieck hat. Ein Band führt zwischen meinen Pobacken zum Bund. Dazu passen halterlose schwarze Strümpfe und schwarze Highheels.

Nun fehlt noch das Makeup und natürlich das Wichtigste: Die Maske, mein Lieblings Accessoire für diese besonderen Abende. Ich setzte sie auf und schaue in den Spiegel. Eine Fremde blickt mir entgegen. Eine Frau mit vollen, leuchtendroten Lippen und vor Erwartung funkelnden Augen. Sie ist ein wenig verrucht und sehr geheimnisvoll. Zufrieden lächelnd stecke ich die Maske ein und mache mich auf den Weg.

Das Taxi wartet bereits. Fast kommt es mir vor, als wäre es der gleiche Fahrer wie beim letzten Mal. Aber sicher bin ich mir nicht. Wer achtet schon auf einen Taxifahrer? Dieser jedenfalls hält den Kopf gesenkt und spricht während der Fahrt kein Wort. Wahrscheinlich fährt er sonst eher unattraktive Muttis und ist nun gnadenlos überfordert.

Seine Schweigsamkeit ist mir Recht, was soll man mit solch einem Menschen auch schon groß reden. Ich war noch nie jovial. Schließlich arbeite ich in führender Position bei einem großen Unternehmen, bin korrekt und sehr moralisch. Nur einmal im Monat gönne ich mir eine Auszeit, will dann nicht kontrollieren und organisieren. Wahrscheinlich würde ich sonst ersticken.

Das Taxi hält an, reißt mich aus meinen Gedanken. Wir sind vor dem Club. Das Gebäude hat Fabrik Flair, ist aber innen fantastisch zurechtgemacht. Schnell drücke ich den Fahrer ein paar Scheine in die Hand und steige aus.

Ich ziehe die Maske auf, nicke den Türstehern zu, betrete den Club. Ich gehe weiter, befinde mich im Herzstück des Etablissements. Es gibt mehrere Thekenbereiche. Sitznischen, die vor neugierigen Blicken geschützt sind, befinden sich überall im Raum. Weiches Schummerlicht lässt alles erahnen.

Zunächst setzte ich mich an einen Tresen, bestelle ein Glas Champagner. Ich nippe an dem köstlichen Getränk und lasse meinen Blick schweifen. Heute trägt jeder eine Maske, wie an jedem ersten Samstag des Monats. Alles kann, nichts muss passieren.

Einige Männer beginnen ein Gespräch, doch ich bin nicht interessiert, denn ich warte auf einen ganz bestimmten Mann. Ich habe ihn vor einem Monat zum ersten Mal hier gesehen, weiß nicht wie er heißt, nicht einmal, wie seine Stimme klingt. Doch hat er mich erfüllt, berauscht und gefesselt.

Plötzlich sehe ich ihn. Er steht an einem anderen Tresen. Auch er trinkt Champagner, prostet mir mit einer minimalen Bewegung zu. Er sieht verflixt sexy aus, trägt eine Jeans, die sich perfekt an seinen Hintern schmiegt. Dazu hat er nur eine Weste an.

Ich sehe muskulöse Arme, eine durchtrainierte Brust, merke, dass ich von seinem bloßen Anblick feucht werde. Am Liebsten würde ich zu ihm hin gehen und ihm die Klamotten vom Körper reißen, seine sinnlichen Lippen küssen. Doch das ist ein No – Go. Ich küsse nicht, nicht hier. Küssen bedeutet Gefühl und das erlaube ich mir niemals. Ich will den schnellen, unverbindlichen Sex mit maximaler Befriedigung. Zum Schmusen kann ich mir eine Katze kaufen.

Mein Blick wandert zu seinen Augen. Ein solches Grau habe ich vorher noch nie gesehen. Es erinnert mich an flüssiges Silber. Doch das ist es nicht allein. Sein Blick lässt meinen Puls rasen, ist verlangend, fast hungrig. Wieder spüre ich das Kribbeln, dieses Mal noch stärker. Ich leere mein Glas, steuere einen anderen Raum an, in dem getanzt wird.

Hier ist es noch dunkler als im Barraum. Spots zucken für Sekundenbruchteile auf, bewegen sich im Takt zu den lauten und harten Bässen. Man kann das Publikum sehen und irgendwie auch wieder nicht, erahnt sich aneinander reibende Körper, Hände, die ihr Ziel gefunden haben und mehr.

Der Rhythmus reißt mich mit. Mein Körper bewegt sich von ganz allein. Ich lasse los, kann mich endlich fallenlassen. Hände gleiten über meinen Körper, zögernd, fragend. Ich lasse es mit mir geschehen, bleibe passiv.

Plötzlich umfängt mich ein starker Arm, zieht mich besitzergreifen gegen einen männlichen Körper. Ich spüre sofort, dass er es ist, der sich im Einklang mit mir zu dem heißen Rhythmus wiegt und schmiege mich an ihn. Er hat eine Hand auf meinem Oberschenkel, mit der anderen berührt er meine Brust. Ich winde mich lustvoll, meine Knospen richten sich hart auf. Doch er nimmt die Hand weg, dreht mich zu sich um. Mit den Armen umschlinge ich seinen Hals, ich schmiege mich wieder eng an ihn, lasse die Hüften kreisen. Seine Hände krallen sich in meinen Hintern, ziehen mich noch näher. Seine Erregung drückt gegen meinen Bauch. Sein Oberschenkel zwischen meinen Beinen lässt mich aufkeuchen, meine Hüften bewegen sich wie von selbst, ich reibe mich an ihm, werde immer heißer. Endlich umfasst er meine Brust, zwirbelt grob meine Nippel durch den Stoff. Ich stöhne laut, doch das hört niemand außer ihm.

Wieder dreht er mich um, reibt seine Erregung an meinem Po. Dann lässt er eine Hand unter meinen Rock, in meinen String gleiten, reibt meine Perle, schiebt einen Finger in mich. Der Gedanke, dass er meine Nässe spürt ist erregend, lässt mich wohlig schaudern.

Plötzlich löst er sich von mir, greift meine Hand, zieht mich in eine der versteckten Nischen, die sich rund um die Tanzfläche befinden. Hier drängt er meinen Körper grob gegen die Wand, ungeduldig, ausgehungert. Ich winde mich, will ihn in mir spüren, sofort, greife nach seinem Hosenbund, öffne seine Jeans, sein Penis springt mir hart und groß entgegen. Mit einer geübten Bewegung reiße ich die Kondompackung auf, die er mir reicht, stülpe ihm das Kondom über. Meine Arme legen sich wie von selbst um seinen Hals, ich spüre seine Hände unter meinem Po. Mühelos hebt er mich an. Meine Beine schlinge ich um seine Taille.

„Bitte, ich will dich spüren", bettele ich.

Er lacht kehlig auf, schiebt den String beiseite, dringt quälend langsam in mich ein. Das Gefühl lässt mich gierig keuchen. Langsam zieht er sich fast ganz zurück, um mich gleich wieder ganz auszufüllen. Ich fasse in sein Haar. Schaue ihm in die Augen. „Fick mich!" Mein Mund formt nur diese Worte, denn ich will ihn hart und fest in mir spüren.

Endlich kann auch er sich nicht mehr beherrschen, pumpt immer wieder in mich. Bei jedem Stoß spüre ich die harte Wand in meinem Rücken, aber das ist mir egal. Ich will ihn, will es genau so. Mein Körper spannt sich an, ich schreie meine Lust laut heraus. Auch er kommt mit einem letzten Stoß tief in mir. Wir verharren für einen Moment in der Position, dann spüre ich, wie er aus mir herausgleitet, mich absetzt.

Noch immer benommen lehne ich mich gegen die Wand, dann richte ich meine Kleidung. Ein letzter Blick, er führt meine Hand an seine Lippen, dann ist er verschwunden. Ich trinke noch ein Glas Champagner, fühle mich angenehm matt und zufrieden, lasse den Abend Revue passieren. Er hat wirklich etwas Besonderes und er weiß ganz genau, wie ich es will. Ob er beim nächsten Mal wieder hier ist?

Ein Mann setzt sich neben mich, legt mir sacht die Hand auf das Knie. Plötzlich will ich nur weg, habe genug.

Auf dem Heimweg schaue ich gedankenverloren aus dem Fenster des Taxis, merke erst gar nicht, dass wir schon vor meiner Einfahrt stehen. Zerstreut gebe ich dem Fahrer das Geld, taste nach dem Türgriff.

„Bis in 4 Wochen", sagt er mit rauer Stimme. Irritiert schaue ich ihm ins Gesicht. Er hat graue Augen, sie erinnern mich an flüssiges Silber ...

***

Vier Wochen sind vergangen, wieder ist es Samstag, der erste Samstag im Monat. Wieder habe ich mich zurechtgemacht, bin zufrieden mit meinem Outfit, doch zögere ich. Mein geheimnisvoller Lover ist also ein Taxifahrer. Die Erkenntnis traf mich wie ein Schock, dann kam die Wut. Wie kann er es wagen mich derart vorzuführen, ja mich zu hintergehen! Wahrscheinlich hat er mich in der Vergangenheit öfter zum Club gefahren und ist mir irgendwann nachgeschlichen, hat Sex mit mir gehabt, mich hinterher nach Hause gefahren und immer ein reichliches Trinkgeld eingestrichen. Ich will ihn nie wiedersehen, nie wieder! Entschlossen nehme ich meine Jacke und gehe aus dem Haus. Wie immer wartet das Taxi bereits auf mich.

Ich steige ein und erstarre. Er ist es tatsächlich. Er fährt direkt los, sodass ich keine Möglichkeit habe einfach auszusteigen. Was für eine Frechheit, wie dreist er ist. Nun, ich werde ganz cool bleiben. „Wie immer zum Club", sage ich mit kühler Stimme. „Und ich wünsche keine Unterhaltung."

Ich glaube einen Fluch zu hören. „Ich will es dir erklären...", setzt er an, doch ich unterbreche ihn rigoros.

„Du wirst nicht fürs Reden bezahlt, also halt die Klappe."

Ich sehe, wie sich seine Schultern verkrampfen und sein Nacken rot anläuft, doch jetzt ist er still.

Am Club verlasse ich das Taxi, nicke den Türstehern zu und betrete die Location. An der Bar ordere ich ein Glas Champagner, wie üblich. Kurze Zeit später steht er an der gegenüberliegenden Theke, hebt sein Glas, prostet mir zu. Ich merke, dass eine ärgerliche Röte mein Gesicht überzieht, bin froh über die Maske. Betont gelangweilt wende ich mich ab, lächele einem Mann, der sich neben mich gesetzt hat zu. Er rückt interessiert näher. Wir führen einen charmanten Smalltalk, wobei ich durchblicken lasse, dass ich einem intimen Kennenlernen nicht abgeneigt bin. Aus den Augenwinkeln beobachte ich den Taxfahrer und stelle mit wütender Genugtuung fest, dass er mich nicht aus den Augen lässt. Lässig lasse ich meine Hand über den Oberschenkel meiner Neueroberung gleiten, rücke noch ein bisschen näher.

„Sollen wir uns nicht in eine der Sitznischen zurückziehen", murmelt er mit belegter Stimme. Ich nicke und folge ihm lächeln, nicht ohne dem Taxifahrer einen provozierenden Blick zugeworfen zu haben. Er mustert mich finster aus zusammengezogenen Augen.

Die schummerigen Nische ist so angelegt, dass den Außenstehenden kaum Einblick gewährt wird. Ich genieße das Spiel, spüre bald die Hände des Mannes auf meinem Körper. Sie wandern über die Innseiten meiner Schenkel, langsam und erfahren. Er zieht mein Gesicht zu sich, sucht meine Lippen.

„Keine Küss, das will ich nicht", sage ich,

worauf er verlangend meinen Hals küsst, seinem Mund zu meinem Dekolleté wandern lässt. Ich schließe die Augen, fühle wieder seine Hände, die sich unter meinen Rock schieben, streicheln.

Plötzlich verändert sich etwas, ich öffne die Augen, sehe den Taxifahrer vor uns stehen. Er misst mich mit einem kalten Blick, doch ich sehe noch etwas anderes in seinen Augen: Verletztheit. Mit einer einzigen Bewegung fasst er meinen Arm, zieht mich hoch. „Das ist meine Lady. Wenn du sie noch einmal anfasst, dann breche ich dir alle Knochen", knurrt er, zerrt mich aus der Nische und weiter zum Ausgang, bevor mein Begleiter überhaupt reagieren kann. Ich bin so perplex, dass ich ihm wie willenlos folge. Draußen gehen wir zum Taxi.

„Steig schon ein", herrscht er mich an und öffnet eine der hinteren Türen. Dann schiebt er mich ins Fahrzeuginnere. Eigentlich möchte ich nicht einsteigen, tue es aber dann doch. Steige mit dem festen Vorsatz ein, den Typen nach dieser Fahrt nie wiederzusehen, mir einfach einen anderen Klub zu suchen.

Die Fahrt verläuft schweigsam. Ich sehe im Rückspiegel, dass er meinen Blick sucht, doch ich gehe darauf nicht ein, bin immer noch wütend. Auf ihn, auf mich selbst. Darauf, dass ich mich überhaupt in diese Situation gebracht habe. Ein Blick aus dem Fenster lässt mich erkennen, dass wir nicht den üblichen Weg zu meinem Haus nehmen. „Was hast du vor? Wohin bringst du mich?", frage ich, schaue ihm durch den Rückspiegel in die Augen, erkenne, dass auch er richtig wütend ist. „Ich will mit dir reden", sagt er, seine Anspannung mühsam zügelnd.

„Zwischen uns gibt es nichts zu reden. Du fährst jetzt sofort zurück, ist das klar! Ich will einfach nur nach Hause."

Er schlägt mit der Hand auf das Lenkrad. „Verdammt, jetzt hältst du den Mund! Hör mir einfach zu." Sein Tonfall lässt mich zusammenzucken. Ehe ich etwas sagen kann biegt er in einen Waldweg ab, hält den Wagen an. Er steigt aus, öffnet meine Tür. „Steig aus und zwar sofort", blafft er.

„Ich denke gar nicht daran", antworte ich patzig.

„Na gut, dann eben anders." Er knallt die Tür zu, geht um das Auto herum, setzt sich neben mich. Ich rücke so weit es geht in die Ecke, schaue ihn beunruhigt an. Ist das wirklich der wunderbare Liebhaber aus dem Klub? Seine Mimik ist so hart, sein Körper ist angespannt, doch in seinen Augen sehe ich immer noch Verletzlichkeit.

„Du willst reden, bitte sehr, Herr Taxifahrer."

„Ach, ist ein Taxifahrer nicht dein Niveau?",
schnaubt er verächtlich.

„Unsinn. Aber wie soll ich dich sonst anreden", entgegne ich.

„Wie wäre es mit meinem Namen." Plötzlich
klingt seine Stimme gar nicht mehr so zor-
nig. „Ich heiße Hendric. Du kannst mich
gern so anreden, Sinja."

„Du kennst meinen Namen?", frage ich verblüfft.

„Aber ja. Ich weiß eine Menge über dich.
Und ich möchte noch eine Menge mehr erfahren. Aber nicht, wenn du solche Spielchen wie vorhin mit mir veranstaltest. Was
hast du dir dabei gedacht mich so zu provo-
zieren!" Er streicht sich aufgebracht durchs
Haar. Wie gerne würde ich das jetzt bei ihm
tun, fährt es mir durch den Kopf, doch ich
lasse diesen Gedanken nicht zu.

„Ich kann tun was ich will. Das geht dich gar
nichts an. Wir hatten unverbindlichen Sex
miteinander, mehr nicht. Du hast Spielchen
gespielt, nicht ich."

„Das hat dir aber doch gefallen, denke ich!"
Dieser Satz bringt mich richtig in Rage, ich
hole aus und meine Hand landet auf seiner
Wange. „Du verdammter Mistkerl!", mit diesen Worten hole ich noch einmal aus, doch
er hält meine Hand fest. Anschließen um-

schlingt er mich, dreht dann mein Gesicht zu sich, presst seinen Mund hart auf den meinen. Im ersten Moment bin ich wie erstarrt, doch dann merke ich, wie mein Widerstand dahinschmilzt. Verdammt, ich will ihn, hier und jetzt, öffne gierig meine Lippen für seine fordernde Zunge. Meine Hand gleitet über seine Hose, ich spüre wie hart er ist.

Mit einem Ruck öffnet er die Autotür, nimmt meine Hand. „Komm", sagt er heiser und ich folge ihm zum Vorderteil des Taxis. Wieder küsst er mich, dieses Mal weicher, zärtlicher. „Ich will dich", flüstert er an meinem Mund, packt meine Hüften, dreht mich um. Dann öffnet er den Reißverschluss meines Kleides, streift es mir ab, umfasst mit den Händen meine Brüste, knetet sie, zwirbelt die Nippel, während sein Mund meinen Nacken küsst. Ich stöhne leise auf, lasse mich vollkommen fallen. Er legt meine Hände auf die Motorhaube, beugt mich weiter vor.

Ich höre, wie er seinen Reißverschluss öffnet, dann spüre ich sein Glied, das sich drängend zwischen meine Beine schiebt. Ich öffne meine Schenkel, stöhne laut auf, als er eindringt, langsam und tief in mich stößt. Er hat meine Hüften gepackt und ich passe mich seinem Rhythmus an, wimmere, stöhne meine Lust heraus. Es dauert nicht lange und ein nicht enden wollender Orgasmus schüttelt mich. Auch er verströmt sich.

Schwer atmend verharren wir für einen Moment, dann lösen wir uns von einander. Ich drehe mich um, schmiege mich an ihn, weiß nicht, was ich jetzt sagen soll.

Er küsst mich sanft. „Ich möchte dich öfter sehen, ich möchte dich treffen und nicht eine Frau in einem Klub. Nicht in die geheimnisvolle Unbekannte, sondern in Sinja habe ich mich verliebt. Ich möchte abends mit dir ins Bett gehen, dich lieben und morgens mit dir aufwachen", flüstert er. „Und noch etwas, ich kann dich mit niemandem teilen. Entweder du gehörst mir oder wir trennen uns jetzt sofort und für immer."

Ja, so war das damals. Ich habe den Klub nie wieder besucht und auch keinen anderen. Wozu auch? Ich habe ja alles gefunden, was ich gesucht habe. Und ich habe gelernt, dass ich unausstehlich arrogant und oberflächlich war. Dass es wesentlich mehr gibt als die schnelle Befriedigung, dass Zärtlichkeit zur Liebe gehört und noch viel mehr. Es ist das Gesamtpaket, das langfristig glücklich macht. Nun schaue ich fast jeden Morgen in Augen, die mich an flüssiges Silber erinnern und bin glücklich.

Ein Saunagang

Eigentlich ist Sarah mit Jan verabredet. Er ist einem Bild von einem Mann und ein wirklich unkomplizierter Lover, der immer bereit ist. Dazu zeichnet ihn ein unheimliches Stehvermögen aus und, was noch wichtiger ist, er zickt niemals herum.

Einmal in der Woche trifft sich das Pärchen zu einem gemeinsamen Saunabesuch. Anschließend gehen sie in ein kleines, intimes Hotel. Sarah hat oft darüber nachgedacht woran es liegt: alle Leute die sie kennt sind nach einem Saunabesuch müde. Jan und sie macht er scharf. Sie können schon in der Sauna kaum die Finger von einander lassen. Im Hotelzimmer angekommen schaffen die beiden es meinst gar nicht bis ins Bett. Die erste Nummer machen sie gewöhnlich im Stehen. Sarah mit gerafftem Kleid, Jan mit heruntergelassener Hose. Sie hat sich angewöhnt bei den Treffen keine Wäsche zu tragen, was ihn unheimlich anmacht.

Doch heute lässt Jan auf sich warten. Schade, gerade heute ist Sarah richtig geil. Jetzt sitzt sie allein in der Biosauna und hat sich damit abgefunden, dass er sie wohl versetzt hat. ‚Na gut, dann eben in der nächsten Woche', denkt sie einigermaßen gelassen und nimmt sich vor, sich nach der Sauna mit ihrem Dildo zu verwöhnen.

Doch dann öffnet sich die Tür und er steht vor ihr. „Hi, ich bin ein bisschen spät dran", grinst er, und: „Klasse, wir sind ungestört!"

Er setzt sich neben sie, beugt sich vor und ohne Vorwarnung küsst er sie zwischen den Beinen. Sarah kann gar nicht anders als die Schenkel zu spreizen. Er leckt mit seiner weichen, wissenden Zunge das Zentrum ihrer Lust und ihr wird richtig heiß. Lustvoll umschließt sie seinen prallen Penis mit der Hand, reibt ihn.

Die Tür geht auf, ein älterer Herr grüßt freundlich, setzt sich auf die andere Seite. Ein Glück, dass der Störenfried nicht mitbekommt, was sich hier angebahnt hat. Jan wirft ein Handtuch über seine Erektion, stöhnt verzweifelt auf, während er sich das Handtuch anschließend um die Hüften schlingt. Jetzt ist es an Sarah zu grinsen. ‚Wir Mädels haben es da wirklich leichter', denkt sie amüsiert.

Das Paar verlässt die Biosauna. „Was meinst du", flüstert sie verschwörerisch. „Versuchen wir es in einer anderen Sauna? Oder wie soll es weitergehen? Ich könnte dich jetzt auf der Stelle reiten."

„Umkleide?", flüstert er zurück. Sarah denkt nicht großartig nach, sie ist sooo feucht...

Die Kabine ist eng, er setzt sich auf die

Bank.

„Steig auf!" Er macht eine einladende Bewegung. Sein Glied reckt sich ihr gierig entgegen. Sie lässt sich auf ihm nieder, langsam, Stück für Stück nimmt sie ihn auf, schließt die Augen, fühlt, dass er sie ganz ausfüllt. Einen Moment bleibt sie bewegungslos sitzen, genießt die Dehnung, spürt sein Pochen tief in ihr. Dann bewegt sie sich vorsichtig, die Bank ist schmal, die Kabine echt eng und sie wollen schließlich nicht auffallen. Er packt ihre Hüften, wiegt sich im Takt mit ihr. Sie küsse ihn hingebungsvoll und feucht, saugt an seiner Zunge, lässt die Hüften kreisen. Langsam, quälend ist der Akt, sie stöhnt verhalten.

„Pst, leise", er verschließt ihr den Mund wieder mit einem Kuss, bewegt sich weiter in ihr.

Schließlich hält Sarah es nicht mehr aus, verströmt sich, spürt seinen harten Sporn tief in sich, auch er explodiert.

Sie lehnt ihre Stirn an die seine, hält sich noch einen Augenblick an ihm fest, fühl sich wohlig entspannt. „Das machen wir mal wieder", wispert sie und grinse ihn an.

Er grinst zurück. „Jederzeit, aber jetzt sollten wir unseren Saunagang beenden und anschließend wartet schließlich das Hotelzimmer auf uns."

Das Klassentreffen

*Sie lässt den Motor ihres Autos an, fährt je-
doch nicht los. Im Gegenteil, sie nimmt den
eingelegten Gang heraus, lässt das Kupplungspedal los, zieht die Handbremse an. ,Nur
noch einen Augenblick', denkt sie. Einem
Moment will sie noch verweilen, nachdenken.
Doch eigentlich ist alles klar, sie hat die richtige Entscheidung getroffen. Trotzdem lehnt
sie die Stirn ans Lenkrad, schließt die Augen.
Sofort überfluten sie Bilder, Bilder von ihm,
von ihnen beiden. Wie viel ist in der letzten
Nacht, geschehen. War es richtig, würde sie
etwas anders machen, wenn sie noch einmal
die Wahl hätte?*

Alles hatte mit dem Klassentreffen begon-
nen. Rolf organisierte es und gab sich wirklich Mühe alle unter einen Hut zu bekommen, was 20 Jahre nach Schulabschluss
einer Sisyphusarbeit gleichkam. Die Meisten
der Ehemaligen winkten ab, hatten weder
Zeit noch Lust, sich zu treffen, sodass nur
die Clique übrig blieb, die sich schon damals
prächtig verstanden hatte. Doch irgendwann galt es Karriere zu machen, eine Familie zu gründen und man verlor sich aus
den Augen.

Eigentlich wollte auch Micha nicht an dem Klassentreffen teilzunehmen, zumal sie inzwischen gut 300 km weit weg wohnte. Rolf gab schließlich den Ausschlag. Irgendwie tat er ihr leid, denn er gab sich wirklich Mühe. Zudem wollte er das Treffen bei sich zu Hause stattfinden lassen und das ließ sie neugierig werden. Ihr Mann war an diesem Wochenende geschäftlich unterwegs, sodass auch er keine Einwände erhob.

Kurzentschlossen buchte Micha ein Zimmer in dem kleinen Hotel in Stadtmitte, das es schon in ihrer Jugend gegeben hatte. Plötzlich freute sie sich auf den Abend, der sich sicherlich zwanglos gestalten würde.

Endlich war es so weit. Micha stellte erstaunt fest, wie sehr sich alle im Laufe der Zeit verändert hatten. Doch das waren nur Äußerlichkeiten. Letztendlich dauerte es nicht lange und man erkannte sich wieder. Die Atmosphäre wurde locker und fröhlich, nicht zuletzt wegen des Gastgebers, der mit Herz und Seele bei der Sache war.

Als einer der letzten Gäste erschien dann Peer und Michas Herz setzte für einen Moment aus. Auch er sah anders aus, als sie ihn in Erinnerung hatte, doch das war völlig nebensächlich. Was sich nicht geändert hatte, war der Blick aus unergründlichen Augen, die ständig ihre Farbe zu wechseln schienen, je nach Gemütslage. Jetzt waren sie blau - grau und strahlten sie an, während er sie einfach in den Arm nahm, viel länger als es für eine nette Begrüßung üblich war.

„Micha – oder inzwischen Michaele?", sagte er. „Ich bin nur zu diesem Treffen gekommen, weil ich dich unbedingt einmal wiedersehen wollte. Du bist ja bisher auf keinem Klassentreffen gewesen. Als Rolf mir erzählte, dass du auch kommen würdest, habe ich gleich zugesagt."

„Sag mal" entfuhr es ihr. „Habe ich da etwas vergessen? Wir waren zusammen in einer Clique, aber sonst ist ja wohl nichts zwischen uns gelaufen! Übrigens reicht Micha völlig aus, immer noch."

Er zuckte mit den Schultern. „Dann also wie in alten Zeiten. Leider ist zwischen uns nie etwas gelaufen. Ich war früher etwas schüchtern, weißt du das denn nicht mehr? Ich habe mir so oft vorgenommen dich einfach in den Arm zu nehmen, mich das aber nie getraut." Wieder der Blick aus blauen Augen, dieses Mal sehr treuherzig. „Daran habe ich schwer gearbeitet. An der Schüchternheit, meine ich. Und ich habe mir eines geschworen: Wenn sich die Gelegenheit bietet, dann . . .", er verstummte abrupt, denn Micha versetzte ihm einen Nasenstüber. „Das wollen wir doch mal sehen, mein Lieber. Überleg dir gut, was du sagst, nachher nehme ich dein Angebot noch an." Sie hakte mich bei ihm unter. „Los, wir setzten uns in eine ruhige Ecke und dann erzählst du mir, was du so machst."

Im Verlauf des Abends unterhielten sich die beiden über Gott und die Welt, stellten fest, dass sie in vielen Dingen der gleichen Meinung waren und auch den gleichen Humor hatten. Peer war, im Gegensatz zu Micha seit einigen Jahren geschieden.

„Da siehst du mal, was du mir angetan hast. Das war definitiv die falsche Frau. Wenn du mich damals erhört hättest, dann würden wir fast schon auf die Silberhochzeit zusteuern."

„Dann hättest du mir vielleicht mal zeigen sollen, dass du mich gut fandst. Ich habe nie etwas gemerkt, außer, dass du mich manchmal komisch angeschaut hast und dann rot geworden bist. Jetzt ist es zu spät, ich bin glücklich verheiratet", stellte sie lachend und ein kleines bisschen bedauernd fest.

Viel zu schnell ging der Abend vorbei. Irgendwann läutete Rolf den Abschied ein. Micha verabschiedete sich von Peer, obwohl beide im gleichen Hotel eingecheckt hatten.

Widerstrebend trennte er sich von ihr. „Wir könnten doch noch etwas trinken gehen, selbst wenn das Hotel keine eigene Bar hat", sagte er hoffnungsvoll.

Sie winkte ein wenig zu schnell ab. „Hey, um diese Uhrzeit ist selbst nach 20 Jahren hier nix mehr los, das müsstest du eigentlich wissen. Im Übrigen will ich morgen früh los. Lass mal gut sein."

Doch sie bereute die Worte schon, als sie sie aussprach. Entschlossen rief sie sich zur Ordnung. Peer gefiel ihr viel zu gut. Sie wollte auf keinen Fall etwas tun, das ihr später leidtun würde.

„Wie du willst", er zuckte resigniert mit den Schultern und drückte sie noch einmal fest an sich. „Dann also bis zum nächsten Klassentreffen in 20 Jahren."

Im Hotelzimmer angekommen war Micha ruhelos. Trotzdem ging sie ins Bett, fand aber keinen Schlaf, wälzte sich von einer Seite auf die andere. Immer wieder dachte sie an Peer, der sicherlich schon schlief. Schließlich warf sie sich ihren Morgenmantel über und ging auf die Dachterrasse des Hotels.

‚Vielleicht kommst du hier etwas zur Ruhe', dachte sie. Die Nacht umhüllte sie angenehm warm. Ein leichter Wind strich ihr durchs Haar, strich über ihren nackten Körper unter dem seidenen Mantel. Sie ging bis zur Balustrade, schaute verträumt über die schlafende Stadt.

„Du bist eine Schönheit", hörte sie Peers Stimme hinter sich. Er stand, nur mit seinen Shorts bekleidet hinter mir.

„Ich habe dich nicht kommen hören", wisperte sie.

Als Antwort legte er ihr seine Hand auf die Taille, zog sie näher zu sich heran.

„Ich kann nicht schlafen", flüsterte er ihr ins Ohr. „Ich muss immer an dich denken. Und dieser Gedanke macht mich", er zögerte einen Moment, suchte die richtigen Worte. „Na ja, irgendwie unruhig oder ruhelos, wenn du so willst." Er verstummte hilflos.

Wie von selbst legten sich ihre Hände auf seine nackte Brust, streichelten ihn. Als hätte er auf ihre Erlaubnis gewartet, senkte er sein Gesicht, küsste sie zögerlich, gab ihr Zeit für einen Rückzug.

Doch das wollte sie gar nicht. Plötzlich war ihr alles egal. Sie wollte ihn, bot ihm ihren Mund, schmiegte sich an ihn. Er seufzte leicht auf, als ihre Zungenspitzen sich berührten. Die Zeit dehnte sich endlos, Micha wusste nicht, wie lange sie sich traumverloren küssten, den Körper des anderen mit den Händen erforschten.

Doch schließlich löste sie sich von ihm, nahm ihn bei der Hand und führte ihn in ihr Zimmer. Hier drängte er sie sanft zum Bett, löste den Gürtel ihres Mantels, der wie von selbst zu Boden glitt, so wie seine Shorts. Micha fand sich auf dem Bett wieder. Sie spürte sein Gewicht auf ihrem Körper, seine Erektion an ihrem Bauch. Er rieb seine Erregung an ihrer geschwollenen Scham. Sein Mund wanderte zu ihrer Brust, umkreiste die harten Knospen mit der Zunge, wanderte weiter abwärts.

Sie öffnete einladend die Schenkel. Er liebkoste sie, erkundete sie mit der Zunge, saugte zart.

Micha keuchte auf, fasste in sein Haar, gab den Takt vor. Sein Zungenspiel wurde immer intensiver. Quälend langsam strich er über ihre Perle, neckte sie fast schmerzhaft. Michas Körper bäumte sich auf, ihre Hände gruben sich in sein Haar, der Höhepunkt ließ sie lustvoll aufstöhnen.

Er lächelte, versiegelte ihre Lippen mit einem langen Kuss. „Sei lieber leise, wer weiß, wer hier zuhört."

„Okay, das solltest du jetzt wirklich beherzigen", wisperte sie leise zurück und ließ ihn ihre Lippen spüren. Küsste ihn ausgiebig auf den Mund, reizte seine Brustwarzen mit ihren Zähnen, wanderte weiter hinab, wo sie seine pralle Härte mit der Zunge liebkoste, sie langsam an seinem Schaft entlanggleiten ließ, seine feuchte Spitze umkreiste. Schließlich nahm sie ihn ganz in den Mund, begann ein rhythmisches Spiel, hinauf und hinunter. Peer wandte sich lustvoll, umfasste mit beiden Händen ihren Kopf, gab nun seinerseits sanft den Takt vor. Michas Lippen umfassten ihn immer fester, bis er ihr Einhalt gebot. „Bitte, ich möchte in dir kommen."

Sie glitt an ihm hinauf, ließ sich langsam auf ihm nieder. Seine Hände umfassten ihre Hüften, er stieß ihr entgegen. Sie schloss die Augen, ließ sich auf den Rhythmus ein, fühlte ihn tief und fest in ihrem Inneren. Mit den Händen auf seinen Schenkeln, den Rücken durchgebogen spürte sie das herannahen des Höhepunktes.

Seine Hände umfassten fest ihren Po, mit jeder Bewegung stieß er ihr heftiger entgegen. Der Atem beschleunigte sich, die Spannung war unerträglich, ließ sie zittern, keuchen. Wie in einem Nebel hörte sie ihn aufstöhnen, spürte seine Härte, seinen Erguss und versank selbst im Abgrund. Erschöpft ließ sie sich auf ihn sinken.

Als sich ihr beider Atem wieder normalisiert hatte, strich er mir sanft über den Rücken.

„Wir werden uns doch wiedersehen", sagte er leise.

Sie zögerte kurz, doch dann nahm sie sich zusammen.

„Nein", flüsterte sie. „Und das war dir auch von vorn herein klar. Du gehst jetzt besser."

Ohne ein weiteres Wort stand sie auf, zog sich den Morgenmantel über die Schultern, seltsam verschämt, dem Blick aus jetzt grauen Augen ausweichend.

Micha hebt langsam den Kopf. Fasst entschlossen das Lenkrad an, tritt das Kupplungspedal durch, legt den ersten Gang ein, löte die Handbremse, lässt den Wagen langsam anrollen. Plötzlich muss sie lächeln, obwohl ihr die Tränen über das Gesicht rollen. Oh nein, sie bereut nichts, würde alles ganz genauso machen. Doch die Realität hat sie eingeholt. Was in der letzten Nacht geschehen ist, wird für immer ihr Geheimnis bleiben, und das seine.

Doch sie wird nie wieder an einem Klassentreffen teilnehmen.

Nur ein Spiel

Tom starrt gebannt auf seinen Monitor. Es ist längst Zeit für den Feierabend, die Kollegen haben ihre Büros bereits vor einiger Zeit verlassen. Nur Tom kann sich nicht losreißen – und das aus gutem Grund. Immer wieder schaut er auf den Bildschirm seines Computers. Dort flimmert die Lounge eines Chatrooms. User kommen und gehen, doch SIE ist immer noch nicht da, dabei erwartet er sie sehnsüchtig.

Das erste Mal hatte er den Chat aus reiner Neugierde aufgesucht. Der Werbespot im Fernseher hatte ihm gefallen, ihn neugierig gemacht. Man warb mit heißen Flirts und Diskretion, was ihm, als verheiratetem Mann, entgegenkam. Einmal im Chat war er bald von der virtuellen Welt fasziniert. Hier konnte er unverbindlich Frauen kennenlernen, Abenteuer erleben. Ohne Konsequenzen, ganz unverbindlich.
Das änderte sich, als er SIE kennenlernte. Diese Frau zog ihn von Anfang an in ihren Bann. Sie flirtete hemmungslos, sagte Dinge, die er sich nie getraut hätte. Er ließ sich voll und ganz auf ihr laszives Spiel ein. Bei ihr fühlte er sich verwegen und frei. Es kribbelte,

wie schon lange nicht mehr. Er wollte sie kennenlernen, sie real spüren, das Spiel in die Tat umsetzen. So nahm er allen Mut zusammen, fragte sie nach einem Date. Er konnte es nicht fassen, dass sie tatsächlich zusagte. Doch sie stellte Bedingungen: Diskretion war ihr wichtig, außerdem würde sie die Zeit und den Treffpunkt bestimmen. Er willigte in alles ein, wollte sie unbedingt kennenlernen. Sie buchte ein Hotelzimmer, bestellte ihn am Nachmittag dort hin.

Wenn er an dieses Treffen dachte, wurde ihm heiß. Ein angenehmes Ziehen machte sich in seiner Lendengegend breit. Sie hatte ihn bereits erwartet, trug nichts als heiße Dessous. Obwohl sie die Vorhänge zugezogen hatte und das Zimmer in Dämmerlicht getaucht war, sah er wie ihre langen blonden Haare glänzten, machte ihre Traumfigur ihn an.

„Lass uns spielen." Lächelnd führte sie ihn zum Bett, zog ihn aus, verband ihm die Augen. Er hörte Seide rascheln, fühlte, wie sie ihn an Händen und Beinen fesselte. Dann lag er zitternd vor Erregung da, gespannt, was sie mit ihm anstellen würde. Sie küsste ihn, erkundete seinen Mund mit ihrem heißen Zungenspiel. Ließ ihre Lippen wandern, erregte seine Brustwarzen mit leichten Bissen. Er wandte sich, stöhnte, als sie seine Erregung in ihren Mund nahm, sanft die Zunge

kreisen ließ. Unvermittelt ließ sie von ihm ab. „Jetzt wirst du mich erst einmal verwöhnen", flüsterte sie heiser.

Er spürte, dass sie höher rutschte, bis zu seinem Gesicht, sich ihm mit gespreizten Schenkeln darbot. Er liebkoste mit der Zunge die zarte Haut ihrer Schenkel, wanderte langsam zum Zentrum ihrer Lust, liebkoste ihre Perle, erst zart, dann heftiger. Er spürte ihr Erschauern, saugte noch fester, bis sie schließlich keuchte, er ihre Nässe aufsaugte. Sie glitt von seinem Mund. Für einen Moment war er unsicher. Würde sie ihn jetzt einfach so liegenlassen? Doch dann spürte er, wie sie sein Glied in sich aufnahm. Sie war nass, er glitt mit Leichtigkeit in sie, dann schloss sich ihre Enge um seine pralle Härte. Sie ritt ihn, erst sanft, dann immer wilder, bis er sich schließlich unter lautem Aufstöhnen verströmte. Für einen Moment legte sie sich auf ihn, küsste ihn atemlos.

„Ich muss sofort los", flüsterte sie an seinem Mund. „Ich dusche nur schnell. Wenn ich fertig bin, werde ich dich losbinden."

Er schüttelte den Kopf. „Ich weiß gar nicht ob du gekommen bist. Ich will dich noch einmal richtig verwöhnen. Übrigens möchte dich sehen. Wir können doch zusammen duschen."

Sie lachte auf. „Für heute muss dir das genügen. Das nächste Mal habe ich vielleicht mehr

Zeit."
Sie duschte tatsächlich kurz und löste dann die Knoten um seine Hände. Ehe er sich von den Fesseln befreit hatte, war sie schon gegangen.

Das ist vor einer Woche gewesen und die Sehnsucht nach ihr ist übermächtig. Er hatte die Tücher, mit denen sie ihn gefesselt hatte mitgenommen, sie duften immer noch nach ihrem Parfüm.
Jetzt zieht er eins aus seiner Schreibtischschublade und presst es gegen sein Gesicht. Der leichte Hauch, den es ausströmt kommt ihm seltsam bekannt vor. Unwillkürlich fällt sein Blick auf das Foto seiner Frau, das neben dem Bildschirm steht. Sie ist das genaue Gegenteil der mysteriösen Fremden. Konservativ und praktisch veranlagt trägt sie das Haar kurz, bevorzugt einen sportlichen Kleidungsstil, trägt Sportunterwäsche. Sex ist schon lange kein Thema mehr zwischen ihr und ihm. Irgendwann hat er es aufgegeben auf sie zuzukommen. Trotzdem kommt es ihm nicht in den Sinn sie zu verlassen. Sie ist eine gute Mutter, organisiert den Haushalt, hält ihm den Rücken frei und steht in jeder Situation zu ihm. Er dreht das Foto um, konzentriert sich wieder auf den Chat. Dabei drückte er mit der Hand gegen seine

harte Erregung.

‚Du meine Güte, wenn ich sie nicht bald wiedersehe ...' Ehe er zu Ende gedacht hat betritt sie die Lounge. Er fackelt nicht lange, lädt sie in ein virtuelles Separee, sie folgt seiner Einladung sofort.

„Hallo, Tom. Es ist schon spät. Bist du zu Hause?"

„Nein, ich bin noch im Büro. Ich habe gehofft, dich heute noch sehen zu können. Ich bin so scharf. Ich könnte dich sofort flachlegen."

„ ;-) Das ist eine gute Idee. Aber musst du nicht heim?"

„Ich lasse mir etwas einfallen. Meine Frau glaubt mir sowieso alles."

„Na dann, lass uns spielen. Ich erwarte dich in der Cocktailbar des Hotels, in dem wir uns getroffen haben."

Mit diesem Satz verlässt sie das Separee und auch den Chat.

Schnell verlässt Tom sein Büro, nicht ohne vorher seine Frau angerufen zu haben. Er erklärt ihr, dass er noch einen Termin wahrnehmen muss. „Ein wichtiger Kunde. Es tut mir leid, ich habe ganz vergessen, dir das zu sagen. Geh nachher ruhig schon schlafen, es könnte länger dauern."

Eine Viertelstunde später sitzt er in der Cocktailbar und erwartet seine Gespielin mit Ungeduld. Immer wieder schaut er auf die Uhr.

Nach zwei Stunden und drei Drinks steht er auf. Sie wird heute nicht mehr erscheinen, das ist klar. Aber auch sie hat einen festen Partner, vielleicht ist ihr etwas Unvorhergesehenes dazwischen gekommen. Das Wortspiel lässt ihn grinsen. Er zuckt mit den Schultern. Dann eben ein anderes Mal. Er wird nach Hause gehen und seine Frau sanft wecken. Heute wird sie ausnahmsweise bereit für ihn sein müssen.

Wie er es erwartet hat, ist zu Hause alles ruhig. Seine Frau scheint schon zu schlafen. Er geht ins Bad, duscht. Auf dem Weg ins Schlafzimmer fühlt er sich beschwingt und verwegen. Er wird sie mit seinem Riesenständer überraschen, ihn ihr reinstecken, ehe sie richtig wach ist. Heute ist sie fällig, definitiv.

Leise öffnet er die Schlafzimmertür und erstarrt. Die Nachttischlampen brennen, beide Betten sind unberührt. Fassungslos registriert er die blonde Perücke und die sexy Dessous auf ihrer Betthälfte. Mit zitternden Händen hebt er den Zettel auf und liest:

‚Du bist so blind und dumm dazu. Viel Spaß weiterhin im Chatroom. Ich will dich nie wiedersehen.'

Kimono

Es war früh am Abend. Ich warf einen letzten prüfenden Blick in den großen Spiegel. Der locker gebundene Kimono sah wirklich sexy aus und es war deutlich zu sehen, dass ich nichts darunter trug. In meinem Gesicht schauten mir blitzende Augen entgegen und rote Wangen, die vor lauter Aufregung glühten.

Gleich würde er hier sein. Wir hatten uns länger nicht gesehen hatten. Er war beruflich ziemlich eingespannt, ständig auf Geschäftsreisen. Wir telefonierten zwar täglich miteinander, doch die Sehnsucht nach ihm war unerträglich geworden.

Heute Nachmittag hatten wir miteinander telefoniert.

„Ich muss dich unbedingt sehen, dich in die Arme nehmen, sonst drehe ich durch und deshalb habe ich kurzfristig umdisponiert. Ich bin heute Abend bei dir. Wir verbringen die Nacht miteinander und werden morgen in aller Ruhe frühstücken. Ich muss erst gegen Mittag wieder los, leider", sagte er zärtlich.

Ich wurde ganz zapplig vor freudiger Erwartung.

„Worauf wartest du dann noch. Komm so schnell es geht. Ich warte auf dich. Ich weiß, dass du im Moment viel Stress hast und werde mir eine besondere Überraschung für dich ausdenken."

Er lachte leise. „Dann beeile ich mich ganz besonders. Bis gleich, Liebes."

Leise vor mich hin summend zündete ich die Teelichter an, die den Weg von der Haustür zum Schlafzimmer beleuchteten. Warmes Kerzenlicht und leise Musik verbreiteten dort eine angenehme Atmosphäre. Ich kniete mich auf das Bett, strich verträumt ich über die schwarzen Seidenlaken, dachte an unser letztes Zusammensein.

Die Haustür öffnete sich. Er schien trotz meiner Ankündigung überrascht zu sein. Für einen Augenblick verharrten seine Schritte, doch dann stand er lächelnd in der Schlafzimmertür.

„Hallo, meine Schöne. Es tut gut, dich zu sehen", sagte er und musterte mich mit einem anerkennenden und hungrigen Blick.

Ich streckte ihm meine Arme entgegen. „Komm her."

Das ließ er sich nicht zweimal sagen, nahm mich in den Arm und küsste mich leidenschaftlich. Obwohl ich genauso gierig war wie er, wandte ich mich aus seinem Arm. „Ich möchte es langsam angehen lassen. Lass dich einfach fallen", flüsterte ich verheißungsvoll, schob meine Hände unter sein Shirt und strich über seine warme Haut. Anschließend zog ich ihm das Shirt über den Kopf, ging auf die Knie und öffnete langsam seine Hose. Er stöhnte auf, als ich seine pralle Männlichkeit in den Mund nahm. Genüsslich ließ ich meine Zunge kreisen.

„Stopp. Ich denke du willst es langsam angehen? Wenn du so weiter machst, komme ich sofort", keuchte er.

Langsam stand ich auf. „Dann leg dich hin, mein Schatz."

Nachdem er sich seiner restlichen Kleidung entledigt hatte, kam er meiner Bitte nach. Ich ließ den Kimono von den Schultern gleiten und griff nach der bereitgestellten Ölflasche.

„Du musst die Beine etwas spreizen."

Ich schob meine Beine unter die seinen, ließ das warme, duftende Öl in meine Handflächen fließen und begann ihn zu massieren. Zunächst die Schultern, die Brust, dann seine Arme. Sein Körper entspannte sich und ich ließ meine Hände über seinen Bauch gleiten. Der Atem stockte ihm, als meine Finger sich dem aufgerichteten Glied näherten. Mit kleinen, sanften Bewegungen massierte ich nun seine Hoden, seinen Phallus, umkreise die Eichel, wobei ich das Gefühl seiner wachsenden Erregung genoss. So sehr, dass ich ganz feucht wurde. Obwohl sich sein Atem hörbar beschleunigte, behielt ich den Rhythmus bei.

Schließlich legte er eine Hand auf meine Finger. „Du weißt, was ich will", keuchte er. Oh ja, ich wusste genau, wie ich ihm den größtmöglichen Genuss verschaffen konnte. So schloss ich eine Hand um seine Erregung, ließ die andere Hand seinen Damm entlang wandern. Mit einem ölbenetzten Finger drückte ich fordernd gegen seinen Anus, drang behutsam ein, ließ einen zweiten Finger folgen. Ich massierte ihn sanft, während der Daumen die empfindliche Stelle unter den Hoden drückte. Sein Körper wandte sich, er öffnete die Augen, sah mich mit einem verlangenden Blick an. Ich erhöhte das Tempo, massierte vorsichtig, doch intensiv. Er bewegte sich im Takt mit meinen Händen, ergoss sich schließlich.

„Das war wunderbar, doch jetzt bist du an der Reihe", flüsterte er, als er wieder zu Atem gekommen war und küsste mich zärtlich. Anschließend ließ er seine Zunge über meinen Körper wandern. Mit den Händen presste er meine Brüste zusammen, saugte an beiden Brustwarzen. Ich genoss dieses Gefühl, zitterte vor Erregung.

„Bitte", jetzt war ich es, die bat, bettelte.

Sanft hob er meine Beine an, spreizte mir die Schenkel, ließ mich jedoch süß leiden, indem er mit der Zungenspitze über die Innenseite meiner Schenkel fuhr. Er wusste genau, dass er mich damit wahnsinnig machte.

„Bitte", wimmerte ich noch einmal. Endlich erbarmte er sich, ließ seine Zunge um meine Perle kreisen, saugte daran, immer noch quälend langsam. Ich hielt es nicht mehr aus, vergrub meine Hände in seinem Haar, öffnete meine Schenkel noch weiter, fühlte den nahenden Orgasmus so intensiv wie nie zuvor. Die Wellen der Erregung schlugen über mir zusammen, ich stöhnte, keuchte, verströmte mich.

Er hob den Kopf. „Ich bin noch nicht fertig mit dir", mit diesen Worten legte er sich auf den Rücken. Ich verstand, erhob mich und ließ mich rittlings auf seinen Bauch nieder. Wieder griff ich zur Ölflasche, ließ einige Tropfen davon über meine Brüste perlen. Er begann sie zu kneten, zwirbelte die Nippel. Hitze stieg in mir auf, meine Hüften bewegten sich wie von selbst im Rhythmus seiner Hände.

Ehe ich mich versah, drehte er sich, mich mitziehend, sodass ich plötzlich unter ihm lag, er auf meinem Bauch saß. Fest umschloss er meinen Busen, drückte ihn zusammen. Sein Phallus fand den schmalen Pfad zwischen meinen Brüsten, ein lustvolles Stöhnen entrang sich seiner Kehle. Kraftvoll stieß er immer wieder zu, während ich meinen Venushügel streichelte, mit mir spielte.

„Jetzt will ich in dich." Er legte sich meine Beine auf die Schultern, drang mit einem Stoß in mich ein, bewegte seine Hüften quälend langsam, dann schneller, bis er hart in mich stieß.

„Komm, bitte", keuchte er und die Wellen der Lust schlugen über mir zusammen. Wenig später hatte auch er einen Orgasmus.

Atemlos ließ er sich auf mich sinken, vergrub sein Gesicht an meinem Hals. Ich legte meine Arme um ihn, nahm den Duft seiner Haut auf, spürte, wie wir langsam wieder zur Ruhe kamen. Er legte sich neben mich, nahm mich in den Arm.

„Am liebsten würde ich für immer bei dir bleiben."

Ich lächelte. „Dann tu's doch."

Er küsste meine Augen, die Nase, meinen Mund etwas ausgiebiger. Dann schaute er mir in die Augen.

„Ja, das werde ich!"

Norma und Joe

Monatelang hatte Joe um Norma gekämpft, vergeblich. Letztendlich hatte er aufgegeben, hatte sie verlassen.

Norma war unbestritten ein Rasseweib, sexy und offen für alles. Leider war sie auch offen für andere Männer.

Zuerst hatte er abgewiegelt, obwohl seine Freunde ihn eindeutig vor dieser Frau gewarnt hatten. Sie wäre keine Kostverächterin, hieß es. Sie würde sich nehmen, was sie wolle und nun sei er, Joe, eben an der Reihe, um sie zu befriedigen.

Er war verrückt nach ihr, wollte nicht sehen was offensichtlich war. Irgendwann konnte er ihre Ausflüchte und ständigen Ausreden nicht mehr ertragen. Ihm wurde klar, dass er einen Schlussstrich ziehen musste, um nicht vor die Hunde zu gehen. Er hatte versucht vernünftig mit ihr zu reden, doch sie ließ ein Gespräch nicht zu.

Als er sie verließ, maß sie ihn mit einem kühlen Blick, dann legte sie auf ihre unnachahmliche Art los.

„Dann hau doch ab, du Schlappschwanz. Spätestens nach vier Wochen kommst du doch sowieso wieder angekrochen."

Er war wütend geworden, hatte sich müh-

sam beherrscht, hatte ihr ihren Wohnungs-
schlüssel kommentarlos vor die Füße ge-
worfen und war gegangen.
„Fuck you", schrie sie, als er die Haustür
zuschlug.

Jetzt saß er mit gesenktem Kopf in seiner
neuen Wohnung, die Hände zwischen den
Knien, dachte an ihre erste Begegnung.

Sie war ihm gleich aufgefallen, doch er trau-
te sich nicht, diese attraktive Frau anzu-
sprechen. Das war dann auch nicht nötig,
denn Norma ergriff die Initiative. Sie stö-
ckelte mit endlos langen Beinen auf ihren
Highheels zu ihm, forderte ihn zum Tanzen
auf, presste sich auf der Tanzfläche lasziv an
ihn, küsste ihn ansatzlos und heftig.
Nach dieser Attacke warf sie das lange
blonde Haar zurück.
„Jetzt habe ich einen Riesendurst. Lass uns
an die Bar gehen und etwas trinken."
Er war ihr wie in Trance gefolgt, orderte
Getränke.
Der Abend wurde lang. Irgendwann nahm
sie ihn bei der Hand, bedeutete ihm, vor der
Damentoilette zu warten. Wenig später er-
schien sie wieder.
„Wir haben Glück, es ist niemand drin."
Sie zerrte ihn in eine leere Kabine, öffnete

ihm die Hose, zog sie ihm bis zu den Knien. Dann küsste sie ihn, tastete mit der Hand nach seinem Ständer, massierte ihn. Er schob die Hände unter ihr Shirt, knetete ihre Brüste, spürte, wie die Nippel sich aufrichteten.

Doch Norma hatte anderes im Sinn. Sie kniete sich vor ihn hin, stülpte ihre Lippen über seinen Penis, saugte und leckte ihn mit Inbrunst. Dabei massierte sie seine Hoden. Offensichtlich wusste sie nur zu genau, wie sie ihn bearbeiten musste.

Er vergrub die Hände in ihrem Haar, stöhnte laut auf, ergoss sich in ihren gierig saugenden Mund. Sie schluckte alles bis auf den letzten Tropfen.

Anschließend lehnte er überwältigt und mit zitternden Knien an der Kabinenwand, zog sich die Hose wieder hoch, während Norma immer noch grinsend vor ihm kniete.

Er fasste sie unter den Armen, half ihr auf. Danach küsste sie ihn, hakte sich bei ihm unter.

„So, jetzt hätte ich gern ein Glas Champagner."

So hatte es angefangen.

In den ersten Wochen sahen sich die beiden täglich, konnten nicht genug von einander bekommen. Sie hatten überall und bei jeder Gelegenheit Sex. Joe wähnte sich im siebten

Himmel. Er verwöhnte Norma mit roten Rosen, teurem Parfum, Nobelklamotten, führte sie in angesagte Restaurants und Bars aus.

Das große Glück hielt ein knappes halbes Jahr an. Dann fing sie an mit anderen Typen zu flirten. Ja, sie knutsche ungeniert herum, ließ ihn die Drinks für diese Männer mitbezahlen.

Joe sah zunächst darüber weg, war nach wie vor verrückt nach ihr.

Sie machte ihn immer noch total an, flüsterte ‚Los, lass mich deinen Schwanz lutschen', wenn ihr nach Sex zumute war und Joe vergaß alles.

Schließlich versuchte er mit ihr zu reden, doch sie setzte mit gekonnter Perfektion ihre Reize ein. Joe hatte nicht die geringste Chance.

Als wäre es gestern gewesen sah er sie vor sich.

Sie räkelte sich nackt im Bett, spreizte ihre langen Beine, spielte mit sich, ließ ihn so lange zuschauen, bis er es nicht mehr aushielt und sich auf sie warf.

Joe hob den Kopf, wischte sich die Schweißperlen von der Stirn. Wann würde er dieses Bild aus dem Kopf bekommen?

Es hatte angefangen zu regnen. Er stand auf,

ging zum Fenster, lehnte seine heiße Stirn an die Scheibe. Aus den Augenwinkeln sah er einen einsamen Fußgänger an seinem Fenster vorbeihuschen. Plötzlich blieb der Mann stehen, schaute hoch zum ersten Stock. Joe hatte den Eindruck, als wolle der Fremde ihm ins Gesicht sehen. Das letzte was er bemerkte, war ein grelles Aufblitzen.

Norma lag nackt auf ihrem Bett, hatte die Beine weit gespreizt, strich sich mit der Hand über den Venushügel.
„Du hast dir eine Belohnung verdient", hauchte sie.
Der Mann lächelte maliziös. „Das habe ich. Obwohl ich es nicht verstanden habe: Warum den armen Kerl erschießen, er hatte dich doch bereits verlassen."
Norma maß ihn mit einem kühlen Blick. „Eben."

Gekaufte Lust?

Wie oft er sie bereits gebucht hatte konnte sie nicht sagen, doch heute war alles anders. Er empfing sie an der Tür, wie immer, führte sie sofort in das Schlafzimmer.

„Heute habe ich etwas Besonderes mit dir vor. Der Preis spielt keine Rolle", sagte er rau. „Keine Angst, es wird dir Spaß machen."

„Ich habe keine Angst", sagte sie fest, obwohl das nur zum Teil der Wahrheit entsprach. Er kam ihr heute seltsam bedrohlich vor, doch sie dachte an das Geld, das sie verdienen würde.

Er trat hinter sie, öffnete ihr Kleid, ließ es über ihre Schultern gleiten. „Keine Wäsche", stellte er fest.

„Ich hielt es für überflüssig", antwortete sie kühl und beherrscht.

Er lachte laut auf, trat nah an sie heran, legte seine Hände auf ihren Po, knetete ihn. Dann machte er einen Schritt zurück. „Ich werde dir jetzt die Augen verbinden."

Unwillkürlich griff sie nach dem Tuch, das er ihr über die Augen legte. „Oh nein."

Er band das Tuch schnell fest und umgriff ihre Hände, die er ihr hinter dem Rücken kreuzte. „Dahin gehören deine Hände und dort bleiben sie, verstanden!"

Sie nickte.

„Ich will, dass du an nichts denkst, als an deinen Körper. Ich sorge dann schon für meine Befriedigung", erklärte er barsch.

Sie versuchte cool zu bleiben, überlegte: Was konnte er vorhaben? Er hatte sie schon oft genommen, benutzt, wie es ihm beliebte. Nie war es dabei besonders brutal zugegangen. Doch heute war er anders als sonst. Vorsichtig machte sie ein paar Schritte rückwärts, stieß mit den Kniekehlen an das Bett. Er folgte ihr, gab ihr einen Stoß, sodass sie nach hinten auf das Bett kippte. Sie blieb reglos liegen, merkte, dass er sich neben sie legte.

„Ich werde dich jetzt küssen."

Seine Lippen fühlten sich weich an. Der Kuss war ihr nicht unangenehm, sie öffnete den Mund für seine Zunge, spürte seine Hand auf ihrer Brust. Er knetete sanft, zwirbelte die Burstwarzen. Mit dem Bein drängte er ihre Schenkel auseinander, legte die andere Hand auf ihren Venushügel, massierte sanft, reizte ihre Perle. Schließlich ließ er zwei Finger in sie gleiten.

„Wie ich es mir gedacht habe, du bist richtig, richtig nass", stellte er fest, während ihr Atem schneller wurde.

„So will ich das nicht", stöhnte sie, versuchte sich von seinen Fingern zu befreien.

Er hielt sie fest. „Aber ich will es so und ich bezahl dich."

Er massierte weiter ihre Scham, umkreiste die Perle, stieß die Finger in sie, bis ihr Körper sich unter seinen kundigen Händen wandte, sie ihm entgegenkam.

„Soll ich dich jetzt nehmen?", knurrte er und nahm ihr die Augenbinde ab. „Ich will dich betteln hören."

„Ja, besorg es mir jetzt ...", wimmerte sie.

Er sah sie einen Augenblick lang an, dann drehte er sie auf den Bauch, drückte ihren Kopf bestimmt auf das Bett, hob ihre Hüften an.

Jetzt kniete sie mit hoch erhobenen Hintern vor ihm. Er platzierte sich hinter sie, Sie hörte, wie er eine Kondompackung aufriss. Dann drang er mit einem harten Stoß in sie ein. Er verharrte einen Augenblick, packte dann ihre Hüften und bewegte sich quälend langsam vor und zurück. Immer wieder zog er sein Glied fast aus ihr heraus, um es mit einem Stoß tief in sie zu rammen. Sie drängte sich ihm entgegen, wollte es schneller haben, doch er hielt sie eisern fest.

„Noch nicht, erst wirst du kommen", keuchte er, langte mit einer Hand in ihr Haar, zog ihr den Kopf hoch. „Gefällt es dir?"

„Ja, fick mich", stöhnte sie, während sich ihr

Unterleib zusammenzog, sie den heranna-
henden Orgasmus spürte, merkte, wie sein
Glied noch härter wurde.

Endlich pumpte er schneller, nahm wieder
ihre Hüften, bewegte sie im Takt zu seinen
harten Stößen. Sie konnte sich nicht mehr
beherrschen, schrie ihre Lust heraus, spürte, dass auch er sich ergoss. Schwer atmend
ließ sie sich auf den Bauch fallen.

„War das in Ordnung für dich", flüsterte er
in ihr Ohr.

Sie erschauerte wohlig. „Oh ja, das war toll."

Er legte sich neben sie, drehte sie zu sich.
„Das möchte ich jedes Mal so haben. Und
gleich werde ich dich noch einmal nehmen,
sehr sanft und ich verspreche dir, dass du es
genießen wirst."

Frühsport

Wie jeden Morgen band ich mir die Haare zusammen und war so bereit für meine Joggingrunde.

Die Morgenluft war angenehm, aber noch kühl, sodass eine Gänsehaut meinen Körper überzog. Es war zwar Sommer, aber für meine Radlerhose und das Trägershirt so früh am Morgen eigentlich noch zu kühl. Nun, wenn ich erst einmal losgelegt hatte, würde mir schon warm werden. Ich steckte mir entschlossen die Stöpsel meines iPods in die Ohren. Der Song ‚Break the Rules' von Charlie XCX ließ mich bald Tempo aufnehmen.

Die ersten Sonnenstrahlen blinzelten durch die Bäume des Parks, es roch nach Tannen und Moos. Selbstvergessen folgte ich dem Weg in einen wenig besuchten Teil der riesigen Parkanlage. Hier kam es einem vor, als befinde man sich in einem dichten Wald. Plötzlich tippte mir jemand auf die Schulter. Ich zuckte erschrocken zusammen und bemerkte jetzt erst, dass neben mir ein Mann lief, der mich anlächelte. Ich hielt an und zog mir die Stöpsel aus den Ohren.

„Du meine Güte, Sie haben mich erschreckt. Kann ich Ihnen irgendwie helfen?"

„Sorry, das wollte ich nicht. Ich wollte Sie fragen, ob wir ein Stück zusammen laufen sollen. Ich wohne noch nicht lange hier und suche Gleichgesinnte."

Misstrauisch musterte ich ihn. Wirklich hatte ich ihn hier noch nie gesehen, denn dieser Mann wäre mir bestimmt aufgefallen. Er hatte breite Schultern, einen durchtrainierten Körper und dazu diese Augen! Sie funkelten in einem unglaublichen Blau. Insgesamt strahlte er eine unerschütterliche Selbstsicherheit aus.

Ich schüttelte kurz den Kopf. „Tut mir leid. Nein, ich laufe lieber allein. Aber sicher finden Sie ganz schnell jemanden." Ich stopfte mir die Stöpsel des iPods wieder in die Ohren und wandte mich um.

„Bis morgen dann", hörte ich ihn undeutlich rufen, ignorierte das aber.

Am nächsten Morgen dachte ich nicht mehr an den merkwürdigen Jogger, bis er vor mir auftauchte. Entnervt hielt ich an und zog die Stöpsel aus den Ohren. „Was soll das denn? Ich habe Ihnen doch gesagt, dass ich lieber allein laufe. Was wollen Sie denn noch?"

Er baute sich vor mir auf, das Lächeln verschwand aus seinem Gesicht. Er schaute mich eindringlich an. „Ich will Sie."

„Sie sind ein Irrer", entfuhr es mir, hastig

blickte ich mich um, aber wir waren allein in diesem Teil des Parks.

„Keine Angst! Ich werde nichts machen, was Sie nicht wollen." Er hatte lässig die Hände in die Hüften gestemmt. Lächelte mich jetzt wieder an. „Seit drei Wochen sehe ich Sie hier joggen. Seit drei Wochen träume ich davon, ihnen die Haare zu lösen, meine Hände darin zu vergraben." Er machte einen Schritt auf mich zu, was mich einen Schritt zurücktreten ließ.

„Sie sind doch ein Irrer. Lassen Sie mich bloß in Ruhe, sie Spinner." Mit diesen Worten wandte ich mich um und lief davon.

„Bis morgen", hörte ich ihn leise sagen.

Ich konnte mich nicht mehr auf das Joggen konzentrieren und trat den Heimweg an. Heiße Wut verdrängte die Angst. Was dachte dieser Typ sich eigentlich? Mich einfach zu belästigen! Konnte man so etwas anzeigen? Die Gedanken fuhren in meinem Kopf Karussell und ganz hinten, in einer Ecke flüsterte eine Stimme: Ich will Sie, hat er gesagt – und dieser Blick. Wie lange bist du nicht mehr mit einem Mann zusammen gewesen. Und er sieht toll aus.

Ich zuckte energisch die Schultern. Morgen würde ich einfach eine andere Route laufen, basta.

Ich stand nach einer ziemlich schlaflosen Nacht trotzig auf. Wieso sollte ich nicht weiterhin meine altbekannte Route laufen. Schließlich war ER neu hier. Ich würde mich nicht vertreiben lassen. Voller Selbstbewusstsein lief ich los. Das iPod ließ ich gleich zu Hause. ‚Dann erspare ich mir das Theater mit den Stöpseln‘, dachte ich ironisch.

Der Unbekannte erwartete mich bereits. Er schloss sich mir einfach an und lief neben mir her.

„Okay, dies ist ein öffentlicher Park, Sie können laufen wo sie wollen. Aber ich warne Sie. Wenn sie mir zu nahe kommen, dann schreie ich. Es sind immer Leute unterwegs“, erklärte ich kühl.

„Keine Sorge, ich werde Sie nicht anrühren, wenn Sie mich nicht darum bitten. Das habe ich Ihnen bereits gesagt. Ich habe es wirklich nicht nötig, mir mit Gewalt zu nehmen, was ich möchte.“

Ich schnappte nach Luft. „Ihr Ego ist aber einen ganzen Kopf größer als Sie, was.“

Er lächelte. „Ich bin einfach ehrlich. Ich werde weiter hinter Ihnen herlaufen und mir vorstellen, wie ich meine Hände in Ihren unglaublichen Po kralle, wenn ich sie nehme. Oder wie meine Zunge über Ihren Nacken fährt und die kleinen Schweißtropfen aufleckt, die sich dort bilden, wenn Sie sich anstrengen. Sie kommen schon noch selbst auf die Idee, wie schön der Sex mit mir wäre. Solange warte ich."

Mein Mund wurde trocken, mein Herz klopfte zum Zerspringen, in meinem Unterleib machte sich ein angenehmes Ziehen breit. „Sein Sie bloß still", zischte ich und lief ihm wieder einmal davon.

Zu Hause angekommen ärgerte ich mich über mich selbst. Ich hätte ihm gehörig die Meinung sagen sollen. Wieder meldete sich die leise Stimme: Aber eigentlich willst du ihn ja. Du bist bei seinen Worten ganz feucht geworden.

Wieder war es Morgen, wieder machte ich mich auf zu meiner Joggingrunde. Der Tag war schon früh ziemlich schwül. Ich lief bereits eine geraume Zeit, schaute mich immer wieder um, doch der Unbekannte ließ sich heute nicht blicken. War es Enttäuschung, die ich fühlte? Ich rief mich zur Ordnung. Nein, ich war einfach erleichtert. Mit einem Mal wurde mir übel, gleichzeitig drehte sich alles um mich. Ich setzte mich hin und lehnte mich gegen einen Baum.

„Trinken Sie etwas", hörte ich seine Stimme, blickte in funkelnde blaue Augen. Dankbar nahm ich das angebotene Wasser, trank gierig. Nach und nach ging es mir besser. „Ich habe das Wetter unterschätzt, der Kreislauf", murmelte ich undeutlich.

Er taxierte mich von oben bis unten. Sein Blick glitt wohlgefällig über meine Brüste, dann sah er mir in die Augen.

„Wenn ich jetzt sage, dass ich Sie will, wie stellen Sie sich das dann überhaupt vor? Gehen wir an eine verschwiegene Stelle und ...", platzte ich heraus, musste über den Gedanken lachen.

„So ungefähr, um diese Uhrzeit ist hier kein Mensch und es gibt genug verschwiegene Stellen." Er fiel in mein Lachen ein, wurde unvermittelt ernst. „Ich will dich, will diese verführerischen Brüste liebkosen, deine Lippen spüren. Will spüren, wie bereit du für mich bist. Wenn du mich dann nicht mehr willst, so verschwinde ich für immer, versprochen." Er kam näher, hauchte einen Kuss auf meine Lippen.

Ich spürte seinen Mund, zart und doch verführerisch. Wieder machte sich eine angenehme Wärme zwischen meinen Schenkeln breit. Ehe ich mich versah, erwiderte ich seinen Kuss, doch er löste sich von mir.

„Sag es", befahl er.

Ich senkte die Augen.

„Wenn du mich willst, dann sag es laut!"

Ich hob den Blick, sah ihn an. „Ja, ich will

dich, verdammt nochmal. Ich will, dass du mich überall berührst. Dass du mich nimmst."

Langsam nahm er meine Hand, führte mich schweigend zwischen die Bäume ins dichte Unterholz. Bald war vom Weg nichts mehr zu sehen. Er zog mich an einen Baumstamm, drängte mich mit seinem ganzen Körper dagegen. Die Rinde fühlte sich rau an, aber das war mir egal. Ich zog ihn noch näher an mich heran, vergrub meine Hände in seinem Haar küsste ihn ungeduldig. Allein von seinem gekonnten Zungenspiel wurde es mir schon schwindelig. Ich spürte seine Zunge über meinen Hals gleiten. Zart biss er mir in die Halsbeuge. Dann löste er sich von mir, ließ seine Hände unter mein Bustier gleiten, zog es mir über den Kopf, umfasste meine Brüste. Sein Mund umschloss meine harten Knospen, saugte. Er ließ mich vorsichtig seine Zähne spüren, dann zogen seine Lippen eine heiße Spur über meinen Bauch. Er kniete sich nieder, streifte mir mit einer Bewegung die Shorts und den Slip ab. Sein Daumen glitt kreisend durch meine Nässe. „Ich wusste, dass du feucht bist, spreiz die Schenkel für mich", murmelte er, küsste mich, umkreiste mit der Zunge meine Perle. „Ich will dich in mir spüren", keuchte ich, umfasste sein Gesicht und zog ihn hoch, schmeckte meine Erregung auf seinen Lippen. Meine Hände wanderten unter sein Shirt, zogen ihm den lästigen Stoff aus, glitten in seine Jogginghose und umfassten seine Härte. Ich versuchte an ihm hinunterzugleiten, doch er hielt mich zurück.

„So sehr ich deinen warmen Mund genießen würde ... jetzt werde ich dich nehmen." Er schlüpfte aus seiner Hose. „Dreh dich um und beug dich vor", befahl er. Ich folgte seiner Anweisung, fühlte seine Hände, die meinen Po kneteten, dann weiter über meinen Rücken strichen. Seine Spitze drückte erwartungsvoll gegen mich.

„Das wollte ich die ganze Zeit schon machen", flüsterte er und öffnete mir das Haar. Mit einem Arm umfasste er meine Hüfte, die andere Hand grub sich in mein Haar, zog daran, zwang meinen Kopf zurück. Im gleichen Moment glitt er in mich, zog sich langsam zurück, um immer tiefer einzudringen. Jeder Stoß entlockte mir ein wohliges Stöhnen. Ich kam ihm entgegen.

„Das gefällt dir wohl", knurrte er. „Sag es!"

„Ja", keuchte ich. „Es gefällt mir. Du machst mich geil."

Er erhöhte das Tempo, umfasste mit seinen Händen meine Oberarme und zog mich mit jedem Stoß näher an sich. „Ich will dich hören", keuchte er. Mein ganzer Körper spannte sich an, erwartete die Wellen des Höhepunktes. Noch ein heftiger Stoß, ich schrie laut auf als der Orgasmus über mich hinwegrollte, spürte, wie er sich von mir löste.

„So, jetzt will ich, dass du auf die Knie gehst."

Ich verstand. Immer noch keuchend kniete mich langsam vor ihn hin. Ich ließ meine Zungenspitze an seinem Schaft entlanggleiten, umkreise langsam seine Eichel, bevor ich sie mit meinen Lippen fest umschloss. Immer wieder tauchte er zwischen meinen Lippen ein, während meine Zunge fest über den Schaft rieb. Mit den Händen umfasste ich seine festen Pobacken. Während er wieder seine Finger in mein Haar krallte und den Takt vorgab ging sein Atem immer schwerer. Ich spürte, wie er noch härter wurde, nahm ihn so tief in meinen Mund, wie es möglich war, umfasste seine Hoden. Gleich darauf bäumte sich sein Körper auf. Lustvoll nahm ich alles auf, glitt noch einmal mit der Zungenspitze über die pralle Eichel. Langsam ließ er sich neben mich auf den Boden sinken, legte den Arm um mich.

„Das hätte ich nicht erwartet", stellte er fest, als er wieder zu Atem gekommen war. „Du bist eine Wahnsinnsfrau, das wusste ich schon, als ich dich das erste Mal gesehen habe."

„Trotzdem werden wir uns nicht wiedersehen?", fragte ich nach einer Weile.

Er legte einen Finger unter mein Kinn,
schaute mir prüfend in die Augen. „Das war
der Plan. Wie siehst du das? Willst du mich
wiedersehen?" Ich zögerte. Es war heiß und
geil mit ihm gewesen, aber wollte ich das
wirklich noch einmal? Hilflos zuckte ich mit
den Schultern. Er schmunzelte. „Morgen
werde ich hier auf dich warten. Wenn du die
Stöpsel in den Ohren hast, dann lasse ich
dich in Ruhe und wir werden uns nicht wiedersehen. Wenn nicht ..."

Ich stand fertig angezogen im Korridor. Es
war Zeit für die morgendliche Joggingrunde.
Ich reckte mich noch einmal und gähnte
ausgiebig. Die unglaublichen Geschehnisse
des Vortags hatten mich nicht gut schlafen
lassen. Ich hatte die halbe Nacht gegrübelt.
Sollte ich überhaupt weiter im Stadtpark
joggen? Wollte ich ihn wirklich wiedersehen? War es nicht besser und vernünftiger
das Abenteuer nicht zu wiederholen?

Jetzt stand ich unentschlossen vor dem
Tischchen, auf dem der iPod lagen. Ich
musste mich wirklich entscheiden.

Ich nahm den iPod in die Hand, legte ihn
dann entschlossen wieder hin. Mit einem
wohligen Lächeln verließ ich das Haus.

Bodyguard

Normalerweise gehe ich am Samstag immer mit meinen Freundinnen aus. Das ist heute nicht so.

Ich sitze in meinem Zimmer, lackiere mir aus lauter Langeweile die Fußnägel und höre Musik. Ich stehe auf Sam Smith, also nicht so richtig, weil, der ist ja eher an Jungs interessiert, aber auf seine Musik. ‚Stay with me' habe ich jetzt schon dreimal hintereinander angehört.

Mein Vater klopft an die Tür. „Gehst du heute gar nicht weg?", fragt er verwundert. ‚Für einen Bullen sieht er nicht schlecht aus', fährt es mir durch den Kopf. Aber er ist ja auch kein richtiger Bulle, ein Glück. Mein Pa arbeitet undercover, irgendwie. Ich schüttele den Kopf. „Ne, du. Heute hat wirklich jede meiner Freundinnen ein Date. Ist doch Valentinstag."

Mein Vater schaut amüsiert. „Und du hast keine Verabredung? Erstaunlich. Jedenfalls gehen deine Mutter und ich heute auch aus. Ist doch Valentinstag. Bis nachher mal, wir sind dann weg." Er geht erstaunlich vergnügt aus dem Zimmer.

‚Ja, toll', denke ich. ‚Sogar Mom und Dad haben heute ein Date, wenn auch miteinander.

Und was ist mit mir?'

Vielleicht hilft Baden gegen Frust. Ich lasse Wasser in die Wanne laufen, kippe mein Lieblingsschaumbad dazu und stelle eine Menge angezündeter Teelichten auf den Wannenrand. Dann lasse ich mich ins Wasser gleiten. Kaum liege ich gemütlich, klingelt mein Handy. Schnell trockne ich mir Hände und Gesicht ab und gehe ran. Vielleicht ist es eine Freundin, die sitzen gelassen wurde und jetzt doch Bock darauf hat, mit mir zu feiern.

„Hallo?", melde ich mich hoffnungsvoll.

„Hallo Jana", höre ich eine männliche Stimme, die ich zunächst nicht einordnen kann. „Ich hoffe ich störe dich nicht bei deinem Date."

Ich muss plötzlich kichern. „Eigentlich nicht. Wenn man mal von meiner Quietscheente absieht, sitze ich allein in der Wanne. Mit wem rede ich eigentlich?"

„Äh, Entschuldigung, Tim hier."

Das erstaunt mich jetzt. Tim ist der Türsteher aus der Disco, in die wir gewöhnlich am Samstagabend gehen. Er ist viel älter als ich. Bestimmt 10 Jahre, schätze ich. Er muss wohl in meiner Ecke wohnen, denn ich sehe ihn öfter mal im Viertel. Bisher hat er mich nie angesprochen, nur ab und zu interessiert geguckt. Vor allem wenn er denkt, dass ich das nicht mitkriege guckt er sehr interessiert.

„Also, ich wollte dich fragen", er holt tief Luft, das höre ich genau. „Ich wollte dich fragen, ob du Lust hast ganz unverbindlich ein Glas Wein mit mir zu trinken."

Ich bekomme eine Gänsehaut und in meinem Bauch beginnen Schmetterlinge zu flattern. Ich sehe ihn vor mir. Tim, der verdammt gut aussieht, obwohl er älter ist. Tim, der immer so unglaublich höflich ist und nett. Der mich anschaut, dass mir heiß und kalt wird, wenn er meint, dass ich es nicht merke.

„Bist du noch dran?", fragt er etwas ratlos. „Sekt geht natürlich auch oder meinetwegen Mineralwasser, wenn dir das lieber ist."

„Wein", piepse ich und ärger mich sofort über den Quietschton, den ich fabriziert habe. Ich räuspere mich und hauche. „Wein ist eine gute Idee."

Ich kann spüren, dass Tim lächelt. „Okay, dann hole ich dich so in 20 Minuten ab?"

„Okay, perfekt!"

Mit einem Satz bin ich aus der Wanne, greife zur Bodylotion, schmiere mich hastig überall ein, wo ich auf die Schnelle hinlangen kann.

Das Herz klopft mir bis zum Hals. Ich stürme in mein Zimmer, ziehe Wäsche und meine Lieblingsskinny aus dem Schrank. Ein Shirt dazu und die Wildlederstiefel.

Noch! 10! Minuten! Und ich muss mich noch schminken!

Also wieder ab ins Bad. Wenigstens die Augen betonen und Lipgloss auflegen, für ein vernünftiges Makeup ist keine Zeit.

Da klingelt es auch schon, das Herz rutscht mir irgendwie in die Magengegend, wo es ziemlich laut bubbert. Im Rausgehen greife ich meine Weste und die Tasche.

Da steht er also, die Hände in die Hosentaschen gehakt. Er ist groß und total gut gebaut. Sicher macht er Kraftsport. Eigentlich mag ich das bei Männern gar nicht besonders, aber bei ihm finde ich das gut. Auch sein fetter BMW ist sonst nicht mein Fall. Jetzt sitze ich in dieser Angeberkarre und finde es toll.

„Hey, damit habe ich nicht gerechnet, ehrlich", sage ich nach einer Weile, in der wir uns anschweigen.

„Ich auch nicht", antwortet Tim.

„Echt? Und trotzdem bist du auf die Idee gekommen mich anzurufen? Egal. Wohin fahren wir?"

„Hör mal, ich muss dir was erklären. Das ist keine richtige Verabredung. Es hat Probleme gegeben ..."

Wie sich herausstellt, ist ein Typ aus dem

Gefängnis ausgebrochen und bedroht jetzt unsere Familie. Mit den genauen Zusammenhängen will Tim nicht wirklich herausrücken. Jedenfalls sind meine Eltern in Sicherheit. Nur ich fehle noch. Er ist beauftragt worden mich wegzuschaffen.

Ich ziehe die Augenbrauen hoch. „Wegschaffen? Na klasse. Also ist das gar kein Date. Und dafür habe ich mich so beeilt! Sag mal, wer oder was bist du eigentlich. Und jetzt erzähl mir nicht, dass du echt Türsteher bist."

Tim stockt kurz, lächelt mich aber dann lieb an. Ich kriege schon wieder weiche Knie. „Na ja, wenn man es genau nimmt, bin ich ein Bodyguard. Ich passe auf dich auf. Was dein Vater macht ist manchmal nicht so ohne."

„Ah ha!" Mir hat es die Sprache verschlagen und übrigens bin ich sauer. Er will überhaupt nichts von mir. Er will mich bloß wegschaffen. Bravo.

„Wo fahren wir hin", frage ich schließlich resigniert.

„Das wirst du dann schon sehen."

Die Fahrt dauert. Ich schaue stur geradeaus und sage nichts. Tim gibt es nach einiger Zeit auf mit mir zu reden. Schließlich nicke ich ein, werde aber hellwach, als wir über einen Waldweg holpern.

‚Ach du Scheiße‘, denke ich. ‚Das ist nicht dein Retter, sondern dein Mörder. Wie kannst du nur so blöd sein.‘

Schließlich hält der Wagen an. Ich greife zitternd nach dem Türgriff. Ich muss mich in Sicherheit bringen, jetzt sofort.

Tim legt mir die Hand auf den Arm. „Moment, ich muss eben telefonieren. Warte hier."

Er steigt aus, knallt die Tür hinter sich zu, scheint wirklich zu telefonieren. Ehe ich einen neuen Fluchtversuch wage öffnet er die Fahrzeugtür.

„Alles in Ordnung. Morgen bringe ich dich zu deinen Eltern. Keine Sorge, sie sind in Sicherheit und du jetzt auch. Du brauchst nicht so zu gucken. Ich bin der Letzte, der dir etwas antun will."

Dabei guckt er so treu und harmlos, dass ich ihm spontan glaube, einfach glauben muss. Ich steige zögernd aus und erkenne nun erst die Umrisse einer Hütte. Es ist ein großes Ding, jedenfalls für eine Hütte.

„Warst du schon öfter hier", frage ich, nur um etwas zu sagen.

Tim schließt die Tür auf, lässt mich vorgehen. Dann tastet er sich zum Sicherungskasten. Interessiert schaue ich mich um. Doch, das sieht alles ganz gut aus. Die Wände sind komplett aus Holz, es gibt eine Küchenzeile, ein gemütliche Sitzecke mit einer kuscheligen Couch. Alle meine Ängste sind wie weggeblasen. „Sag schon, ist das deine Hütte", bohre ich nach.

Tim nickt, knöpft sein Hemd auf. Mir wird ganz heiß und mein Blick saugt sich an seinem bemerkenswerten Brustkorb und dem Sixpack fest. Er bemerkt meinen Blick, grinst mächtig und verschwindet im Bad. „Ich muss jetzt unbedingt aus den Klamotten raus und duschen", sagt er über die Schulter.

Ich schlucke trocken. Die Vorstellung seines nackten Körpers unter der Dusche ...

Einige Zeit später ist er wieder da, korrekt bekleidet, leider.

„Willst du dich auch frischmachen?"

„Oh...äh...nein, ich habe gebadet, als du angerufen hast. Danke!"

„Okay", er schaut auf den Boden, dann zu mir: „Eines, noch. Egal was passiert, du musst strikte Geheimhaltung bewahren. Alles wird in den nächsten Tagen wieder normal sein." Diese Worte lassen mich kichern. Irgendwie komme ich mir vor wie in einem Agentenfilm. Alles ist so irreal.

„Ich werde mich daran halten", sage ich mit mühsamer Ernsthaftigkeit. „Und jetzt würde ich am Liebsten einfach schlafen. Das war ein langer Tag und ein noch längerer

Abend."

Ich habe einfach die Nase voll, will nicht mehr mit diesem oberheißten Typen zusammensitzen, der mich gar nicht richtig zur Kenntnis nimmt, jedenfalls nicht als Frau. Schöner Valentinstag.

Tim weist auf eine Tür. „Dort ist das Schlafzimmer."

Das Zimmer ist ziemlich klein und es hat nur ein Bett. Ehe ich mich versehe steht Tim hinter mir. So dicht, dass es überall kribbelt. Er beugt sich vor, haucht einen Kuss auf meinen Kopf. „Ich mag rotes Haar", murmelt er.

Abrupt drehe ich mich um, schaue ihm in die Augen, sehe, wie ein unsicheres Lächeln über sein Gesicht huscht.

„Nur ein Bett", stammle ich und schlucke. Verlegen streiche ich mir das Haar aus dem Gesicht. Er packt mich, zieht mich nah zu sich heran, küsst mich ohne Vorwarnung. Mir stockt der Atem, ich fühle mich ziemlich willenlos und als hätte er Erfahrungen, was die Wirkung seiner Küsse betrifft, packt er mich und wirft mich aufs Bett.

„Ich will dich und ich weiß, dass du mich auch willst", lächelt er und zieht mir die Stiefel von den Füßen, die Jeans folgt. Ich helfe ihm, winde mich aus der engen Hose.

Beim Anblick meiner Unterhose schaut er

verblüfft drein.

Das hatte ich ganz vergessen. Wie peinlich ist das denn! Ich werde rot und wünsche mich weit weg. Ich konnte ja nicht ahnen, dass es zu dieser Situation kommen würde und habe, weil ich mich so beeilen musste, das erstbeste Wäschestück aus dem Schrank gezogen. So trage ich eine Baumwollunterhose, die meine Oma mir geschenkt hat. Das Ding hält schön warm, ist bequem, riesig und sieht scheiße aus.

„Ein heißes Teil, das macht mich richtig scharf", grinst Tom und zieht mir den Slip entschlossen aus. Das Shirt ziehe ich mir selbst über den Kopf.

„Du siehst bezaubernd aus", murmelt Tom und küsst mich sehr erfahren, erkundet mit seiner Zunge meinen Mund.

Dann entledigt er sich seiner Kleidung, bis auf die Shorts, die sich im Schritt auffällig wölbt. Er legt sich zu mir, lässt seine Lippen zu meiner Brust wandern, umkreist sanft die Nippel, knabbert mit den Zähnen daran. Ich recke ihm meine Brüste entgegen, stöhne laut auf. Sein Becken drückt sich gegen das meine.

Ich taste nach seiner Erektion, doch er hält meine Hand fest. Dann packt er beide Hände, legt sie über meinen Kopf.

„Hier gehören deine Hände hin", sagt er

streng, küsst mich wieder, lässt seine Finger wandern. Schließlich drängen sie sich zwischen meine Beine, streichen über meine Perle, reibt, spielt mit mir. Ich merke, wie ich immer nasser werde.

„Bitte komm in mich", flehe ich ihn an.

Während er sich die Shorts abstreift schaut er mich aufmerksam an. „Soll ich ein Kondom benutzen?"

Ich schüttele den Kopf. „Ich nehme die Pille", wispere ich.

Er greift mit der Hand unter mein Kinn, hebt mein Gesicht an. Jetzt schaue ich ihm genau in die Augen. „Bist du ganz sicher, dass du es willst?"

„Ja, ganz sicher!" Ich befreie mich von seiner Hand, lege mich zurück, öffne die Beine für ihn. „Komm in mich."

Tim legt sich auf mich, stützte die Hände rechts und links von meinem Kopf ab. Dann dringt er mit einem Ruck in mich, verharrt einen Moment, um sich dann vorsichtig vor und zurück zu bewegen. Ich bewege mein Becken im Takt mit seinem, komme ihm entgegen.

Plötzlich zieht er sich aus mir zurück.

„Leg dich auf die Seite", sagt er energisch, fordert mich auf, das Bein anzuwinkeln. Als er wieder eindringt, spüre ich ihn noch viel intensiver als vorher. Er schiebt sich heftig vor und zurück, spielt mit dem Finger wieder an meiner Perle. Ich keuche auf, spüre, wie sich mein Unterleib zusammenzieht und ein unglaublicher Orgasmus mich überrollt. Tim pumpt in mich, kommt kurz nach mir.

Er bedeckt meinen Nacken mit Küssen, bis ich wieder zu Atem gekommen bin.

„Jetzt möchte ich duschen", sage ich und richte mich auf.

„Okay, aber nur, wenn ich mitkommen darf."

„Sex unter der Dusche?", grinse ich.

Tim erwidert mein Grinsen, steht auf und zieht mich hoch.

Unter dem wohlig warmen Wasserstrahl seift er mich von oben bis unten ein. Mir wird schon wieder heiß, es prickelt zwischen den Beinen. Er spürt meine Erregung, lässt sich Zeit damit, meine aufgerichteten Nippel einzuseifen und zu massieren. Als seine Hand zwischen meine Beine fährt, klammere ich mich aufstöhnend an ihn.

„Ich könnte dich auf der Stelle nehmen", murmelt er. „Lass uns zurück ins Schlafzimmer gehen."

Ich schüttele entschlossen den Kopf, drücke ihn gegen die Wand der Duschkabine, küsse ihn heiß, nehme sein aufgerichtetes Glied zwischen meine Oberschenkel und reibe mich an ihm.

„Du kleines Biest", stöhnt er und bewegt sein Becken sacht vor und zurück.

Ich löse mich von ihm, gehe in die Knie, umfasse seine Erektion, spüre wie sein Penis in meiner Hand pulsiert. Langsam lasse ich meiner Zungenspitze an seinem Schaft entlanggleiten, umkreise die Eichel. Dann umschließe ich ihn fest mit den Lippen. Immer wieder lasse ich ihn in meinen Mund eintauchen, während er seine Hände schwer atmend in mein Haar krallt. Ich beschleunige das Tempo, spüre, wie er noch härter wird, nehme ihn so tief auf, wie ich kann. Er zittert, bäumt sich auf, kommt in meinem Mund.

Noch immer außer Atem zieht er mich hoch, umarmt mich fest. „Whow, das hätte ich nicht gedacht", sagt er leise, den Kopf in meinem Haar.

Ich muss lachen. „Wieso nicht? Nur weil du die paar Jahre älter bist als ich? Oder weil du der obercoole Bodyguard bist?"

„Pass bloß auf, du", sagt er gespielt drohend. „Sonst versohle ich dir den Hintern." Unvermittelt wird er ernst. „Jetzt raus aus der Dusche und dann muss ich unbedingt telefonieren."

Ich habe mich mit einer Decke auf die Couch

gekuschelt, während Tim draußen telefoniert. Wenig später kommt er zurück.

„Sie haben ihn gerade erwischt. Er hat sich bei eurem Haus herumgetrieben. Übrigens: Er war bewaffnet. So schnell kommt der nicht wieder aus dem Knast, das ist sicher. Ich sollte dich bald nach Hause bringen."

Ich bin erleichtert, dass der Spuk endlich vorbei ist und ich wieder nach Hause kann. Andererseits hätte ich auch den Rest der Nacht gern mit Tim verbracht.

Er sieht mir das wohl an, kommt zu mir und nimmt mich in den Arm. „Wenn du das möchtest, so können wir das Date gern wiederholen. Ein richtiges Date, meine ich."

Das klingt zögernd, fast unsicher.

Ich schmiege mich in seinen Arm. „Das wäre schön. Vielleicht können wir auch wieder zu dieser Hütte hinausfahren."

Er grinst erleichtert. „Okay, das lässt sich machen. Aber ich glaube, dass wir noch etwas Zeit haben. Ich würde ich jetzt gern noch einmal nehmen. Ganz zärtlich und vorsichtig", mit diesem Worten nimmt er mich in die Arme und trägt mich ins Schlafzimmer.

Ein sehr unerzogener Hund

Ich wachte davon auf, dass mich etwas am Ohr kitzelte. Für einen Augenblick räkelte ich mich wohlig in meinem Bett, dann setzte ich mich auf. Sofort stupste Emma mit ihrer feuchten Hundenase gegen mein Knie. Ich nahm ihre Schnauze zwischen meine Hände. „Guten Morgen, mein Mädchen. Sei nicht so ungeduldig, jetzt gehe ich erst einmal ins Bad."

Nach einer wohlig heißen Dusche setzte ich mich mit einer dampfenden Tasse Tee ans Küchenfenster und hielt mein Gesicht den ersten Sonnenstrahlen entgegen. Ein unbestimmtes Gefühl ließ mich seufzen. Wie schön wäre es, hier zu zweit zu sitzen.

Wieder stupste mich die Hündin an, brachte mich damit zum lachen. „Sofort, wir gehen gleich raus. Ich trinke nur aus."

Im Flur schlüpfte ich in meine Sandalen. Eine Jacke war nicht nötig, es sollte ein heißer Tag werden, jedenfalls laut Wettervorhersage. Ich tastete nach Emmas Geschirr, legte es ihr an. Jetzt noch die Sonnenbrille und schon konnte es losgehen.

Unser Weg führte uns, wie fast jeden Tag, in den nahegelegenen Park mit seinem plätschernden Springbrunnen. Emma kannte den Weg ganz genau und führte mich zuverlässig. Tatsächlich versprach der Tag richtig heiß zu werden. Ich war froh, nur ein dünnes Sommerkleid angezogen zu haben.

Am Brunnen angekommen setzte ich mich vorsichtig auf den Rand, schlüpfte aus den Schuhen. Emma schien sich, genauso wie ich, über die kühle Erfrischung zu freuen. „Was meinst du, Mädchen, sollen wir es wagen?", flüsterte ich.

Vorsichtig schwang ich meine Beine ins Wasser. Emma hopste mir nach, ohne mich nass zu machen. Sie ist schon ein ganz besonderer Hund, das stellte ich einmal mehr fest. Das herrlich kühle Wasser reichte mir fast zu den Knien. Ich stand auf und machte ein paar Schritte.

Plötzlich gab es ein lautes Geräusch, so, als wenn ein großer Gegenstand neben uns ins Wasser fallen würde. Ich blieb abrupt stehen, versuchte mich zu orientieren.

Das war kein Gegenstand, sondern ein anderer Hund, der jetzt japsend durchs Wasser hechtete und mich ansprang, sodass ich kopfüber ins Wasser fiel. Obwohl der Brunnen nun wirklich nicht tief war, überrollte mich eine Panikattacke. Ich schlug um mich, erwische Emmas Fell und zog mich an ihr hoch. Sie knurrte den anderen Hund böse an.

„Verflixt, Murphy, sitz!", hörte ich eine ärgerliche männliche Stimme nicht weit von mir entfernt. „Bitte entschuldigen Sie, mein Hund ist manchmal ziemlich ungestüm", fuhr der Mann mit mühsam gedämpfter Stimme fort. „Ich helfe Ihnen aus dem Brunnen. Haben Sie sich verletzt?" Ich spürte seine behutsame Berührung.

„Ich glaube nicht. Außer, dass ich kladdernass bin ist nichts weiter passiert", entgegnete ich, während er mir über den Brunnenrand half. „Das ist sehr ärgerlich. Warum haben sie Ihren Hund nicht angeleint?"

„Es tut mir wirklich leid. Mein Hund ist noch recht jung und wild. Das passiert nicht noch einmal. Bis er Manieren gelernt hat, kommt er in Zukunft an die Leine."

Er klang wirklich zerknirscht und sympathisch, irgendwie konnte ich ihn nicht wirklich böse sein und seinem Hund, der an meinen Füßen herumschnüffelte auch nicht.

„Ist ja schon gut, meine Emma war auch mal im Pöbelalter", entgegnete ich freundlicher als ich es eigentlich wollte. „Ich sollte sehen, dass ich in trockene Sachen komme."

„Es ist selbstverständlich, dass ich Sie nach Hause fahre. In meinem Auto haben ist reichlich Platz, auch für zwei Hunde. Kommen sie", er zögerte.

„Stimmt etwas nicht", fragte ich irritiert.

„Darf ich Ihnen meine Jacke umlegen? Ihr Kleid ist bezaubernd und ihre Unterwäsche auch. Sie zeichnet sich deutlich ab." Irrte ich mich oder schwang hier ein Lächeln mit? Mir wurde heiß, ich merkte, dass ich rot wurde. „Ach herrje! Ja ich nehme ihre Jacke gerne."

Am Auto angekommen half er mir auf den Beifahrersitz und buxierte die Hunde auf den Rücksitz, wo sie sich scheinbar einträchtig niederließen.

„Ihre Emma scheint sich gut mit meinem Murphy zu vertragen. Die beiden liegen ganz ruhig nebeneinander. Vielleicht bringt sie ihm ja Manieren bei." Wieder hörte ich ihn lächeln.

Ich drehte den Kopf in seine Richtung. „Okay, wie Ihr Hund heißt weiß ich jetzt, aber wie heißen Sie?"

„Ich bin Rudi, wir können uns gern duzen."

Das klang so nett und ehrlich, dass ich nicht lange zögerte. „Ich heiße Ilona."

„Ist dir Lona recht? Wo wohnst du?"

„Ja klar, meine Freunde nennen mich sowieso so." Lachend gab ich ihm meine Adresse.

„Ich habe dich mit deinem Hund beobachtet. Du kannst dich wirklich auf Emma verlassen. Sie ist ein tolles Tier", stellte er fest.

Wieder lächelte ich in seine Richtung. „Ja, das ist sie. Und ich bin sehr froh, dass ich sie habe. Sie macht mir das allein Leben sehr viel leichter."

„Das kann ich mir vorstellen. Du lebst also allein? Hast du keinen ...", er zögerte.

„Keinen Freund, meinst Du?", komplettierte ich den Satz. „Nein. Ich hatte vor längerer Zeit eine Beziehung, aber es hat nicht gepasst, so haben wir uns getrennt. Das hatte nichts damit zu tun, dass ich blind bin, falls du das denkst." Es kam mir vor, als würde er den Kopf schütteln. „Warum sollte ich das denken. Du bist eine sehr attraktive Frau und kommst mir sehr selbstbewusst vor. Das gefällt mir. Warst du schon immer blind?"

„Es gefällt mir, dass du mich das gerade heraus fragst", entgegnete ich. „Viele Menschen trauen sich das nicht und gehen damit um, als wäre es eine Krankheit, über die man nicht redet. Um deine Frage zu beantworten: Ich habe als kleines Kind sehen können. Farben erinnere ich zum Beispiel. Jetzt sehe ich nur noch Schatten. Und bevor du sagst, dass es dir leid tut: Das muss es nicht. Ich komme sehr gut damit klar."

Er nahm für einen Augenblick meine Hand. „Okay, du bist nicht nur schön, sondern auch stark, das habe ich begriffen. Schade,

133

jetzt muss ich dich loslassen, ich muss schalten."

Während der Fahrt rutschte ich unruhig in meinem Sitz hin und her, denn das Wasser sammelte sich unangenehm zwischen meinen Schenkeln. Das Höschen lag nass auf meiner Haut, was mich frösteln ließ. Rudi schien das bemerkt zu haben. Dank der Sitzheizung wurde es angenehm warm.

Zu Hause angekommen verabschiedete ich mich recht schnell, denn das nasse, jetzt eng anliegende Kleid macht mich verlegen. Ich drückte Rudi seine Jacke in die Hand und verließ fluchtartig das Auto.

„Soll ich dich nicht lieber begleiten?", rief er mir hinterher, doch ich winkte ungeduldig ab. „Das ist schon in Ordnung. Vielen Dank fürs Bringen."

Eine Woche später bekam ich einen Brief, der dank der Institution ‚Blindenbrief.de' für mich lesbar war. Er kam von Rudi. Ich hatte immer wieder an ihn denken müssen und mich im Nachhinein geärgert, ihn so schnell abgefertigt zu haben. Umso mehr freute mich über die Nachricht. Zunächst mit klopfendem Herzen, dann mit aufsteigender Enttäuschung las ich, dass er sich nochmals entschuldigte und als Entschädigung einen Kurzurlaub in einem Wellness-

Hotel für mich und Emma gebucht hatte. Frustriert setzte ich mich ans Fenster. Ich hatte vermutet, dass er mich wiedersehen wollte, doch stattdessen bot er mir einen Kurzurlaub an. Sollte ich das Angebot wirklich in Anspruch nehmen? Spontan Kontakt zu ihm aufnehmen konnte ich nicht, denn es gab keinen Absender, sondern nur den Namen. Schließlich entschloss ich mich, die Reise anzutreten.

Ein paar Tage später saß ich mit Emma auf dem Balkon meines Hotelzimmers und genoss die Sonne. Eine freundliche Dame hatte mich in Empfang genommen und mir das Hotel und auch mein Zimmer erklärt. Nun fühlte ich mich pudelwohl und gar nicht mehr fremd.

Das Telefon klingelte, eine nett klingende Frauenstimme fragte ob ich jetzt gern eine ausgiebige Massage haben wolle. „Alles ist bereit", erklärte sie, was mich ein wenig irritierte. Doch sie ließ mich nicht zu Wort kommen. „Wenn das in Ordnung für sie ist, so schicke ich jemanden, der Sie in den Wellnessbereich begleitet."

Achselzucken willigte ich ein. Sicher war das eine weitere Überraschung, die Rudi mir bereitet hatte. So entledigte ich mich meiner Kleidung und schlüpfte in den Bademantel.

Ich wurde in einen herrlich nach Blumen duftenden Raum geführt, wo ich mich auf der Massageliege niederließ. Die Masseurin begrüßte mich. „Schön, dass sie gekommen sind. Es geht sofort los."

Ich hörte das leise Klirren von Glasfläschchen und wie sie ihre Handflächen aneinander rieb. Sekunden später fühlte ich ihre kundigen Hände auf dem Rücken und ließ mich in eine angenehme Entspannung fallen. Das war wirklich toll, ich döste kurz ein. Die Stimme der Masseurin weckte mich. „Ich werde jetzt einige warme Steine auf Ihren Rücken legen. Sie sorgen dafür, dass sich Verspannungen lösen."

Nachdem das geschehen war, breitete die Frau eine Decke über mir aus. „Ich lasse sie für ein paar Minuten allein, dann wird die Massage fortgesetzt."

Ich hörte wie sie den Raum verließ und genoss die wohlige Wärme auf meiner Haut. Wieder wurde ich schläfrig. Träge bekam ich mit, dass sich die Tür wieder öffnete. Die Decke wurde von meinem Körper entfernt, die Steine abgenommen. Warme Hände legten sich auf meine Waden, kneteten sie durch. Wesentlich sanfter spürte ich den warmen Händedruck auf meinen Schenkeln. Langsames Streicheln an der Innenseite bis fast zum Zentrum meiner Lust ließ mich erschauern. Mit einem Mal war ich hellwach. Hier stimmte etwas ganz und gar nicht, das war ganz bestimmt nicht die Masseurin. Ehe ich etwas sagen konnte, hörte ich seine leise Stimme. „Ich hoffe die Massage ist richtig so?"

„Rudi?", fragte ich erstaunt und beunruhigt gleichermaßen.

„Ja, ich bin das. Ich hoffe du bist nicht sauer über diese kleine Überraschung. Ich musste die ganze Zeit an dich denken und wollte dich gern wiedersehen. Du hast mich nach dem ich dich nach Hause gefahren habe einfach stehen lassen. So wusste ich nicht genau, wie ich das anstellen sollte, ohne mir eine Abfuhr zu holen. Wenn du das hier nicht möchtest, dann gehe ich jetzt einfach und du genießt noch ein paar unbeschwerte Tage hier", er zögerte. „Soll ich gehen?", fragte er unsicher.

Seine Schüchternheit ließ mich lächeln. „Ich habe auch immerzu an dich gedacht", gestand ich. „Und ich bin davon ausgegangen, dass du mich nicht wiedersehen wolltest. Du machst es wirklich spannend."

„Nun, dann kann ich jetzt weitermachen?" Seine Stimme klang belegt. „Ich würde dich gern überall berühren, wenn ich darf. Seit ich deinen Körper durch das nasse Kleid habe schimmern sehen, wünsche ich mir nichts mehr."

Mir stockte der Atem. Sollte ich wirklich ... ich kannte diesen Mann doch gar nicht. Doch ich hatte immerzu an ihn denken müssen und mir ausgemalt, dass er mich berührte. Entschlossen drehte ich mich auf den Rücken, wobei das Handtuch, das mich bedeckte zu Boden viel. „Dann tu es einfach", forderte ich auf.

Sekunden später spürte ich seine warmen, ölglatten Hände auf meinen Brüsten. Eine Welle der Erregung überflutete mich, ich bekam eine Gänsehaut am ganzen Körper. „Du bist so schön", flüsterte er. Dann schlossen sich seine Lippen um meine Brustwarzen, saugten sanft. Meine Nippel wurden hart, so hart, dass es fast schmerzte. Ich umfasste seine Hand, führte sie zwischen meine Beine, öffnete meine Schenkel für ihn. Wieder küsste er meine Brüste, ließ seinen Mund an meinem Körper herunterwandern, küsste meinen Bauchnabel. Ich verging vor Lust, hob mein Becken an.

Endlich erreichten seine Lippen meinen Venushügel und quälend langsam verwöhnte er meine Perle mit seiner Zunge. Lustvoll wandte ich mich unter seinen Berührungen. Meine Hände griffen in sein Haar. Jetzt gab ich den Takt an, spürte, wie ein Orgasmus überrollte.

Nach einigen Minuten richtete sich Rudi auf, zog mich in eine sitzende Position, wobei ich Arme und Beine um ihn schlang. Ich spürte seine Härte nur zu genau, schob meine Hand zwischen uns und rieb leicht über seine Jeans. Er hielt meine Hand fest. „Zuerst ist deine Entspannung wichtig. Ich denke ich sollte dich jetzt in dein Zimmer begleiten."

Innerlich enttäuscht ließ ich mir in den Badmantel helfen.

Wieder im Zimmer angekommen begrüßte uns Emma und Murphy. „Oh, du hast deinen Hund mitgebracht?", fragte ich erstaunt.

„Aber ja, es geht doch gar nicht, dass ich mich mit Emmas Frauchen beschäftige und sie ganz allein ist." Ich konnte Rudi grinsen hören, währen er das sagte und dabei die Hunde streichelte. „Ich sollte mich jetzt weiter mit dem Frauchen beschäftigen."

Ich legte ihm die Hände auf die Schultern. „Jetzt beschäftige ich mich erst einmal mit dir. Ich würde dich gern sehen, auf meine Art", mit diesen Worten legte ich meine Hände auf seine Wangen und zeichnete mit den Fingerspitzen die Konturen seines Gesichts nach. „Welche Augenfarbe hast du?"

„Ich habe graue Augen und dunkelblonde

Haare", erwiderte er leise.

Ich war bei seinem Mund angekommen. Langsam zog ich sein Gesicht näher und küsste ihn sanft auf den sinnlichen Mund. Er erwiderte meinen Kuss, erst zart, doch dann immer drängender. Ich löste mich von ihm, schob meine Hände unter sein Shirt. Er hob die Arme, damit ich ihm das lästige Kleidungsstück über den Kopf ziehen konnte und ich ließ meine Hände weiter seinen Körper erkunden. Sie glitten von den Schultern über die Brust bis hinab zu seinem Bauch. Sein Körper fühlte sich muskulös an und sportlich. Mit vor Erregung zitternden Fingern öffnete ich die Knöpfe seiner Jeans und mit sanftem Druck rieb ich über seine Härte, was ihn aufstöhnen ließ.

Wir entledigten uns der letzten Stoff Barrieren, dann packte er mich an den Hüften, drehte mich um, presste sich eng an meinen Rücken, sodass ich seine Erregung spüren konnte. Seine Hände umfassten meine Brüste, kneteten sie sanft. „Ich kann uns im Spiegel sehen, was für ein heißes Bild das ist", flüsterte er heiser.

„Das kann ich mir vorstellen", keuchte ich, während sich seine Hand zwischen meine Schenkel schob.

„Ich halte das nicht mehr aus, komm bitte zu mir, ich muss dich in mir spüren!"

Er hob mich hoch, als wäre ich gewichtslos und trug mich zum Bett. Nachdem er mich sanft abgelegt hatte, kniete er sich vor mich, nahm meine Beine auf seine Schultern, drang endlich tief in mich ein. Mit nach hinten gelegten Armen bog ich mich ihm entgegen.

Ich ließ mich fallen, keuchte meine Lust heraus, genoss das Zusammenspiel unserer Körper, drängte mich ihm immer mehr entgegen. Er beugte den Kopf, küsste meine Brustwarzen, ließ mich seine Zähne spüren, während er das Tempo immer mehr steigert. Wie aus der Ferne hörte ich mich stöhnen, die Wellen der Lust brachen über mir zusammen, entluden sich in einem nicht enden wollenden Orgasmus.

Später lagen wir uns in den Armen, ich spürte, wie die abklingende Lust einer unendlichen Zufriedenheit Platz macht.

„Ist alles in Ordnung mit dir?", fragte Rudi nach einer Weile.

„Oh ja", schnurrte ich. „Es ist nur ..."

„Ja? Was ist nur?"

„Also, ich kann nicht glauben, was ich da mache. Du musst mir glauben, dass ich sonst nicht so schnell zu haben bin."

Ich hörte ihn leise lachen. „Aber das weiß ich doch. Fühlt es sich denn falsch an für dich?"

„Nein, überhaupt nicht."

Rudi gab mir einen Kuss auf die Nasenspitze. „Dann ist doch alles gut. Ich möchte mit dir zusammen sein, so oft es geht und dich richtig kennenlernen."

Wieder saß ich mit einer Tasse Tee am Küchenfenster. Doch jetzt war ich nicht sehnsüchtig. Oder doch, ein kleines bisschen, aber gleichzeitig war ich glücklich.

Rudi und ich hatten das ganze Wochenende im Wellnesshotel miteinander verbracht, aber das war schon einige Zeit her. Seitdem waren wir unzertrennlich.

Zurzeit befand er sich auf einer Geschäftsreise. Auch die täglichen Telefonanrufe trösteten mich nur mäßig über seine Abwesenheit hinweg.

Emma lag auf ihrer Decke und winselte leise. Murphy lag ergeben neben ihr. Ich tätschelte die beiden.

„Ja mein Mädchen, ich weiß, dass du es nicht leicht hast. Wir müssen es ihm unbedingt sagen."

Wie auf Kommando klingelte das Telefon.

„Ich habe gerade an dich gedacht", begrüßte ich Rudi. „Genau genommen denke ich immerzu an dich."

„Ich hoffe du hast voller Sehnsucht an mich gedacht. So geht es mir nämlich. Du fehlst mir schrecklich", erwiderte er.

Ich konnte nicht mehr an mich halten und platzte mit der Nachricht heraus: „Ich war beim Arzt, wir bekommen Nachwuchs."

Schweigen, dann Rudis irritierte Stimme: „Kannst du das bitte noch einmal wiederholen!"

„Ich sagte, dass ich beim Arzt war. Beim Tierarzt, mit Emma. Sie war seit einiger Zeit ziemlich neben der Spur. Nun, Murphy hat wohl die Gunst der Stunde genutzt, frag mich nicht, wie die beiden das angestellt haben. Ich dachte, dass wir gut aufgepasst hätten, als Emma heiß war. Jedenfalls ist sie schwanger."

Ich hörte Rudi durch das Telefon grinsen. „Wie ich dir bereits bei unserem ersten Zusammentreffen gesagt habe, ist Murphy ein sehr unerzogener Hund. Aber jetzt, wo er Vater wird, wird er bestimmt vernünftig. Und wenn wir schon Kinder gekommen, sollten wir lieber heiraten. Ich liebe dich."

„Soll das etwas ein Heiratsantrag sein?", hauchte ich.

„Na ja, wonach hört es sich an?", lachte Rudi. „Weißt du was, ich habe nur noch einen wichtigen Termin, den kann ich vorziehen. Morgen früh bin ich bei dir und dann möchte ich deine Antwort auf meinen Antrag."

Ich holte tief Luft: „JA!"

Kanadische Impressionen

Endlich bin ich angekommen.
Der See liegt vor mir, kristallklar und von einem unwahrscheinlichen Blau. Auf seiner Oberfläche spiegeln sich Bäume und Felsen.
Ja, hier ist der Stein. Er ist wie glattgeschliffen, hüfthoch. Ich streiche mit den Händen über die Oberfläche, schließe einen Moment die Augen, denke an den letzten Sommer.

Es war der erste Urlaub, den ich allein geplant hatte. Kanada, genauer gesagt Ontario das klang nach Freiheit und Abenteuer. Ich wollte das Land abseits des touristischen Rummels erkunden, so machte ich mich mit meinem alten Rucksack, in den ich das Nötigste gepackt hatte auf den Weg. Ich kam ganz gut zurecht, bis an jenem Tag:
Ich hatte mich rettungslos verfranst, irrte seit Stunden orientierungslos am Waldrand umher. Es gab zwar eine Straße, doch wurde sie scheinbar kaum befahren. Plötzlich hörte ich Motorengeräusche. Ein Auto näherte sich in gemächlichem Tempo. Das war meine Chance, ich stürzte auf die Straße und winkte wie wild. Der Wagen, ein Hummer, stoppte ein paar Meter weiter. Schnell lief ich ihm hinterher, schaute durch das

Beifahrerfenster. Da saß er, Chris, blond mit unglaublich blauen Augen. Obwohl er saß bemerkte ich, dass er ein Hüne sein musste. „Was machst du hier allein? Du bist ganz schön mutig", sagte er.

„Ich habe mich irgendwie verlaufen, obwohl ich mich genau an die Karte gehalten habe." Anklagend hielt ich ihm meine Karte unter die Nase. „Übrigens habe ich gedacht, dass hier mehr Autos vorbeikommen aber da habe ich mich gründlich geirrt. Deins ist seit ein paar Stunden das erste."

„Was du machst ist ganz schön gefährlich!" Er sah mich ernst an. „Es sind genug gestörte Typen unterwegs. Du kannst von Glück reden, dass du an mich geraten bist. Zeig mal her, wo willst du denn überhaupt hin?"

„Nach Kitchener." Ich wollte ihm die Karte reichen, doch er winkte ab. „Dann bist du auf der richtigen Straße. Wahrscheinlich hast du einfach die Entfernung unterschätzt. Ich fahre sowieso in die Stadt. Wenn du mitfahren willst ..." Er öffnete einladend die Beifahrertür.

Ohne zu überlegen rutschte ich auf den Sitz. „Echt, du solltest nicht unbedingt allein unterwegs sein. Man kann nie wissen, was einem so hübschen Mädchen wie dir unterwegs passiert", sagte er noch einmal eindringlich. Ich zuckte mit den Schultern.

„Ich bin schon 14 Tage unterwegs und bisher habe ich nur gute Erfahrungen gemacht. Erzähl mir lieber was du so machst."

„Ich organisiere Führungen in der Umgebung. Es gibt in der Gegend so viele wunderschöne Flecken, die du nicht findest, wenn du dich hier nicht auskennst. Du kannst dich meiner Gruppe gerne anschließen, wenn du Lust hast."

Ich zog die Nase kraus. „Och nö, lass mal. Ich stehe nicht auf Gruppenreisen. Lieber gehe ich allein los. Ich habe ein Zimmer in einem ganz netten Motel gebucht, bleibe also ein paar Tage in Kitchener und wollte mir die Umgebung anschauen, das mache ich aber auf eigene Faust. "

„Na gut. Wie du willst. Morgen habe ich eine Tagestour, die kann ich nicht absagen. Aber übermorgen könnte ich dir eine Privatführung anbieten", meinte er mit einem Augenzwinkern. Er sah so nett aus, dass ich gar nicht anders konnte, als ihn anzustrahlen. „Also gut. Ich glaube sowieso, dass ich mich morgen einfach mal ausruhen muss. Ich schaue mir ganz gemütlich dann die Stadt an. Wenn du mir übermorgen die Umgebung zeigst, so würde ich mich freuen.

„Schön, dann ist das also abgemacht", strahlte er. „In welchem Motel wohnst du? Ich hole dich pünktlich um 8 Uhr ab."

Tatsächlich war Chis pünktlich. Sein Hummer stand um punkt 8 Uhr vor dem Motel.

„Hallo, schön dich zu sehen." Gut gelaunt stieg ich bei ihm ein.

„Schön dich zu sehen", entgegnete er. „Ich war mir nicht sicher, ob du wirklich mitkommst." Dabei sah er so unsicher aus, dass ich ihm am Liebsten durch die verstruwwelten Haare gefahren wäre. „Sicher komme ich mit, warum denn nicht. Ich find es schön, dass du dir für mich Zeit nimmst."

Chris war ein toller und interessanter Führer. Wir trafen uns fast eine Woche lang jeden Morgen und verbrachten den Tag miteinander. Er führte mich an Orte, die ich ohne ihn niemals gesehen hätte. Er kannte faszinierende Geschichten über Land und Leute. Nebenbei erfuhr ich einiges über ihn. Er hatte länger in Toronto gelebt, obwohl er das Stadtleben nicht besonders mochte. Doch seiner Frau zuliebe nahm er das auf sich. Die Ehe ging in die Brüche und es zog ihn zurück in die Wälder. Durch die geführten Wanderungen und Gelegenheitsarbeiten als Holzfäller hielt er sich über Wasser.

Jeden Tag fühlte ich mich mehr zu ihm hingezogen und ihm schien es ähnlich zu gehen. Doch über eine flüchtige Berührung ging es nie hinaus. Im letzten Moment schien er vor dem entscheidenden Schritt zurückzuschrecken. Nachts lag ich wach, malte mir aus, wie er mich am nächsten Tag verführen würde, streichelte mich, stillte so meine Lust nach ihm.

Heute sollte unser letzter gemeinsamer Tag sein, denn ich wollte weiterreisen. Den ganzen Vormittag hatte Chris mich irgendwie seltsam angesehen, aber alle unnötigen Berührungen gemieden. Jetzt nahm er mich zärtlich bei der Hand. „Komm, ich zeige dir meinen Lieblingsort."
Er führte mich zu einem wunderschönen See, mit strahlenblauem Wasser. Beinahe so blau, wie seine Augen. Es war heiß, die Kleidung klebte mir am Körper. Ein kühles Bad wäre jetzt genau das Richtige.
„Was meinst du, sollen wir schwimmen gehen?", fragte Chris, als hätte er meine Gedanken gelesen.
Ich zögerte. „Ich habe gar kein Badezeug mit", murmelte ich nervös.
Sanft zog er mich an sich. „Hier sieht dich keiner, nur ich", sagte er leise und begann damit, meine Bluse aufzuknöpfen. Zögernd näselte ich an seinen Hemdknöpfen. Wie zwei Teenager entkleideten wir uns gegenseitig, warfen verstohlene Blicke auf den Körper des anderen. Schließlich waren wir beide nackt. Chris nahm meine Hand. „Los,

jetzt gehen wir ins Wasser." Er stürmte los und ich folgte ihm. Das Wasser war eiskalt, ich zog erschrocken den Atem ein.

Chris lachte. „Ich vergaß zu erwähnen, dass das Wasser im See ein bisschen kalt ist. Da musst du jetzt durch." Er hieb mit der Handfläche auf das Wasser, sodass ich auf einen Schlag von oben bis unten nass war.

„Du bist so unfair", japste ich und versuchte meinerseits ihn nass zu spritzen. „Bingo und Blattschuss!" Ich hatte es geschafft, ihn richtig schön zu erwischen.

„Na warte!" Unvermittelt packte er meine Hüften, zog mich fest an sich, küsst mich verlangend. Wie von selbst öffneten sich meine Lippen für seine Zunge. Der Hunger, die Gier nach einander brach sich nun Bahn. Ich vergrub meine Hände in seinem Haar, während unsere Zungenspitzen miteinander spielten.

Er ließ mich so plötzlich los, dass ich taumelte. „Das Wasser ist verdammt kalt", murmelte er, nahm mich entschlossen in seine Arme, trug mich ans Ufer. Hier legte er mich vorsichtig auf einem großen, sonnengewärmten Stein ab. Wieder küsste er mich verlangend, ließ seine Hand zwischen meine Schenkel gleiten. Sanft massierte er meine Schamlippen, reizte meine Perle. Ich stöhnte auf, bewegte die Hüften, kam ihm entgegen. „Ich will dich jetzt sofort in mir spüren", keuchte ich.

„Ja, ich fühle, wie nass du bist", knurrte er, beugte sich über mich, legte sich meine Beine über die Schultern und drang kraftvoll ein. Tief und quälend langsam stieß er in mich, um sich sofort fast ganz zurückzuziehen. Ich packte seine Hüften, wollte ihn zu einem schnelleren Tempo drängen, doch er lachte kehlig auf, nahm meine Hände, beugte sich weiter vor und hielt sie mir neben dem Kopf fest. „Nicht so schnell, wir haben Zeit. Ich will dich schreien hören."

Er nahm mich weiter so langsam, dass ich glaubte zu vergehen. Jeder Stoß entlockte mir ein lustvolles Aufstöhnen, ich wandte mich unter ihm.

„Willst du es schneller? Dann sag es mir!", hörte ich ihn wie durch einen Schleier.

„Ja, ich will, dass du mich hart nimmst." Fast bettelte ich ihn an. „Ich halte das nicht mehr aus!"

Wieder lachte er, dann stieß er schneller zu, härter. Alles um mich verschwamm, konzentrierte sich auf ihn und mich. Als schließlich die erlösenden Wellen des Höhepunktes meinen Körper erschütterten, schrie ich meine Lust laut heraus, hörte, wie er meinen Namen rief, spürte, wie er sich in mir ergoss.

„Es ist lange her, dass ich mit einer Frau zusammen war", gestand er mir, als wir wieder zu Atem gekommen waren.

Wir lagen zusammen auf dem Stein, genossen die wärmenden Sonnenstrahlen, die durch das Blätterdach der Bäume fielen. Er küsste mich so liebevoll, dass mir beinahe das Herz zersprang.

„Könntest du dir vorstellen, noch länger hier zu bleiben?"

Natürlich blieb ich für die Zeit meines Urlaubs. Wir liebten uns noch oft, doch unser Lieblingsplatz blieb der verschwiegene See. Hier nahmen wir Abschied von einander. So sehr ich mir das gewünscht hätte, konnte ich es mir nicht vorstellen dauerhaft mit ihm zu leben. Dazu unterschieden sich unsere Lebensstile zu sehr.

Wir tauschten unsere Adressen aus und verabredeten uns für das nächste Jahr. Wir blieben per Email und Skype in Kontakt, doch blieb das alles irgendwie unpersönlich.

Es ist warm. Ich öffne mein Kleid, ziehe es aus, die Unterwäsche folgt. Ich schlüpfe aus den Schuhen, löse mein Haarband, schüttele die Haare aus. Dann lege ich das mitgebrachte Handtuch auf den großen Stein, lasse mich darauf nieder. Ich schließe meine Augen, spüre, wie eine sanfte Brise meinen Körper streichelt. Ich habe ihm eine SMS geschickt, in der ich ihm mitgeteilt habe, dass ich hier bin. Wird er die Verabredung wie versprochen einhalten?

Ich muss eingeschlafen sein, ein sanftes Streicheln weckt mich. Langsam öffne ich die Augen und schaue in ein Paar blaue Augen, die mich anstrahlen. Augen so blau, wie das Wasser unseres Sees.

Harem

„Hallo ihr Süßen", begrüßte Manu ihre Männer und fuhr Werner durch das unordentliche Haar. „Ich habe jemanden mitgebracht. Tata - tata!" Sie öffnete die Küchentür weit, nahm den dahinter stehenden Mann bei der Hand und zerrte ihn in den Raum. „Das ist Sergej. Er wird unsere Truppe ergänzen."

Während Sergei sich in aller Seelenruhe den Dreitagbart und anschließend den Hintern kratzte, starrten die Männer ihn ungläubig an. Manu ließ sich auf Franks Schoß nieder und kraulte ihn unter dem Kinn.

„Wozu noch einer? Sind dir fünf Kerle nicht genug?", fragte der geschockt.

„Sorry, aber es gibt noch einige wesentliche Bedürfnisse, die ihr allesamt nicht abdeckt. Wenn ich da mal so sagen darf. Ich möchte eben manchmal richtig hart rangenommen werden. Das schafft ihr einer wie der Andere nicht."

„Ich schon", sagte Frank im Brustton der Überzeugung und strich über Manus Rücken.

„Ach Schätzchen, hab dich doch nicht so. Du bist Weltmeister im Kuscheln, Streicheln und Massieren, aber sonst ist eben nicht viel mit dir los", erklärte Manu, während sie Frank mit einem vielsagenden Blick in den Schritt griff.

Während Sergei bis über beide Ohren grinste, stand Manu auf und schaute streng in die Runde. „Wenn ich es mal richtig besorgt haben will, seid ihr alle fünf einfach Nieten." Die Männer senkten betreten den Blick. Werner, der Handwerker in der Runde, lief knallrot an, was bestens zu seinem karottenfarbenen Haar passte. Er hatte in der letzten Zeit jede Menge Überstunden gemacht und in der Freizeit alle anfallenden Arbeiten in Haus und Garten erledigt. So war er am Abend immer müde. Letztens war er auf Manu eingeschlafen und sie hatte sich mühsam unter ihm vorarbeiten müssen.

Auch Detlev, der sich um Haushalt und Kinder kümmerte, blickte auf seine im Schoß gefalteten Hände. Er hatte sich redlich bemüht, Manus Ansprüchen gerecht zu werden, doch konnte er nicht aus seiner Haut. Wenn eines der Kinder im Schlaf aufseufzte, konnte er sich nicht mehr auf die sich nackt im Bett räkelnde Manu konzentrieren. Man konnte ja niemals wissen, ob das Kindchen sich nicht losgestrampelt hatte. Lieber schaute er einmal mehr nach.

Hubert, der Finanzier der Truppe, bemühte sich nach Kräften, ein potenter Liebhaber zu sein, doch schaffte er es nie länger als fünf Minuten auszuhalten. Dann war er am Ziel angelangt, während Manu noch in den Startlöchern stand. Auch das Argument, dass laut des Kindsey Reports 80 % aller Männer schon in 3 Minuten fertig wären griff nicht wirklich. Manu lachte ihn schallend aus. Georg schließlich war ein idealer Begleiter bei allen gesellschaftlichen Anlässen. Kultiviert und gut erzogen gab er den Mann von Welt, fühlte sich in gepflegter Gesellschaft wohl. Allein mit Manu im Bett bekam er Panikattacken. Er bemühte sich redlich, doch rührte sich bei ihm und seinem besten Stück nichts, so sehr sich Manu auch bemühte.

Manu unterbrach das betretene Schweigen. „Los, Sergei, ich kann nicht länger warten. Ich brauche es jetzt gleich." Sie zog den Angesprochenen ins Schafzimmer. „Fühl mal, ich bin schon ganz feucht", hörten die Zurückgebliebenen, dann schloss sich geräuschvoll die Tür.

Verblüfft und schockiert starrten die Männer auf die geschlossene Schlafzimmertür. „Verflucht, was will sie denn mit dem?", stöhnte Frank auf. „Die Perle ist unersättlich. Ich liebe sie, aber was zu viel ist, ist zu viel!"

Werner zuckte mit den Schultern. „Du hast sie ja gehört. Sie braucht es richtig hart und tief. Ich würd's ja bringen, aber ich schufte den ganzen Tag und auch noch abends. Wie soll ich da noch einen hoch kriegen."

„Oh Gott, ich glaube er schlägt sie! Hört ihr das", rief Detlev aus. „Sollen wir nicht lieber mal nach dem Rechten sehen?" Er stand unentschlossen auf.

Tatsächlich waren laute Geräusche zu hören: Ein Klatschen, dann winselte Manu lauf auf. „Ja, mach's mir, stoß tiefer", schrie sie gleich darauf.

Die anderen zögerten. Bisher hatte es sich keiner getraut Manu beim intimen Zusammensein zu stören.

So setzte sich Detlev wieder auf seinen Stuhl. „Ich hoffe sie weckt die Kinder mit ihrem unflätigen Geschrei nicht auf, wo unsere Jüngste so schnell Alpträume bekommt. Das ist sehr rücksichtslos", er zögerte einen Moment und schaute seine Leidensgenossen an. „Oder?"

Wieder hörte man animalische Laute und einen Rums gegen die Wand. „Du bist so gut", stöhnte Manu.

Georg verzog angewidert das Gesicht. „Die zwei benehmen sich wie die Tiere. Das ist einfach widerlich. Ich denke nicht, dass ich sie heute Abend mit ins Theater nehme. Othello wird übrigens gegeben."

„Sie kommt sowieso nicht mit. Weil sie mir schon versprochen hat, mit ins Kino zu kommen. 50 Shades of Grey. Darauf steht sie", erklärte Werner energisch.

„Was solls, wenn dir keiner steht. Offensichtlich lässt sie sich von diesem dahergelaufenen Kraftmeier gerade um den Verstand vögeln", ließ sich Hubert vernehmen.

„Sie sollte Geld dafür nehmen, das wäre ein einträgliches Geschäft." Frank sprang auf. „Das nimmst du sofort zurück. Manu ist eine tolle Frau. Sie hat eben viel Temperament und wir sind ihren Anforderungen in der letzten Zeit nicht gerecht geworden."

Um die Geräusche aus dem Schlafzimmer zu übertönen war er immer lauter geworden.

„Was schreist du hier so rum, bist du bekloppt, oder was", rief Werner ebenso lautstark.

„Ich schreie wenn ich will, immerhin wohne ich hier", war die Antwort.

Detlev erhob sich. „Ihr benehmt euch wie Kinder, wirklich. Man sollte euch auf den Schweigestuhl setzen, zur Strafe!"

So gab ein Wort das andere. Jeder ging auf jeden los, regte sich auf, schrie, drohte, was alle weiteren Geräusche aus dem Schlafzimmer unhörbar machte.

Mit einem Schlag verstummten die Kontrahenten, denn die Schlafzimmertür öffnete sich langsam, gab den Blick auf eine hüllenlose, verschwitzte und atemlose Manu frei. Sie hielt sich am Türrahmen fest und strahlte in die Runde.

„Was macht ihr denn für einen Krach hier. Man kann sich ja fast nicht auf das Wesentliche konzentrieren. Egal, jetzt geht es mir richtig gut. Wie sehr ich doch diesen harten, versauten Sex gebraucht habe! Sergei wird erst mal bei uns bleiben. Wer teilt sein Zimmer mit ihm?"

Alizé Siffleur
Love Affair
Roman

Anne will sich in Zukunft die Männer vom Hals halten. Schließlich hat ihr Exfreund sie mit der Nachbarin betrogen und schaut jetzt Vaterfreuden entgegen.
Ihre Freundin Jenny hingegen vernascht einen Mann nach dem anderen. Gemeinsam lernen sie den attraktiven Luca kennen. Nach einem feucht fröhlichen Abend findet Anne sich nackt in ihrem Bett wieder. Sie kann sich nur noch daran erinnern, dass sie Luca mit zu sich nach Hause genommen hat und daran, dass er sie geküsst hat –überall. Im Büro angekommen stellt sich heraus, dass Luca der neue und wichtige Kunde für ihre Firma ist.

Frech, frivol und tabulos, so ist der neue Roman von Alizé Siffleur.

Alizé Siffleur
Dark Soul
Roman

Katja hatte gedacht ihre beste Freundin Steffi gut zu kennen. Sie staunt nicht schlecht, als die ihr anvertraut, dass sie in einem BDSM Forum einen Mann kennengelernt hat, in den sie sich verliebt hat. An Steffis Geburtstag lernt Katja Wotan kennen und kann ihn vom ersten Augenblick an nicht ausstehen. Ganz anders geht es ihr mit Alex, einem Bekannten von Wotan. Dieser Mann fasziniert sie auf eine Weise, wie sie es noch nie erlebt hat. Gleichzeitig verunsichert er sie. Bald macht er ihr ein unmoralisches Angebot: Sie soll sich ihm bedingungslos unterwerfen. Katja lässt sich schließlich darauf ein und entdeckt eine Welt unglaublicher Lust. Doch dann erklärt ihr Wotan, dass Alex sie bald an ihn weiterreichen wird.
Dark Soul, ein Roman voller prickelnder Erotik.

Alize&Alan:
Alizé Siffleur und Allan P.
Zeig mir Deine Lust
Erotische Gedichte

Lustvoll und erotisch. Alizés und Allans Gedichte drehen sich unverkrampft und frei-
zügig um nicht alltägliche Phantasien, um
die Freude daran, sich sexuell zu nehmen,
was man möchte.
Eine Lektüre, über die ungehemmte Lust.
Lesestoff für Sie und Ihn.

Alizé und Alan P.
Wenn ich an Dich denke
Gedichte von, um, über Liebe und andere
Bagatellen.

.